不哭不哭，痛痛飛走吧

三秋縋

邱鍾仁◎譯

輕文學
Light Literature

竟然喜歡上自己殺死的女生，
我一定是瘋了。

不哭不哭，痛痛飛走吧

三秋 縋

第1章　起始的道別

我和霧子開始當筆友是在十二歲那年的早秋。當時再過半年就要畢業了，但我因為父親工作上的關係，必須離開先前就讀的小學。轉學，這就是串起我和霧子之間這段緣分的契機。

十月底，最後一個上學的日子。家裡說好要晚上出發。這原本應該會是很寶貴的一天，但我本來就只有兩個還說得上是朋友的朋友，其中一個因為身體不舒服而缺席，另一個則因為全家去旅行而缺席，所以這天我是一個人度過。

自從在四天前的歡送會上，收到幾乎只是同樣幾句話重覆的贈言板和枯萎的花束後，班上同學每次見到我，都會露出一種像是想說「咦？你還沒走啊」的表情，教室也成了一個讓我待不下去的空間。我痛切地感受到，這個班上已經沒有我的一席之地。

沒有一個人為我轉學這件事難過。這個事實既令我覺得寂寞，同時卻也帶給我勇氣。這次的轉學不會讓我失去任何事物，反而還會提供我新的緣分。

我心想，到了新的學校就要好好和同學們相處。因為我希望如果將來又得轉學，到時候至少能有兩、三個人為我惜別。

課上完了。我把課本之類的東西都塞進書桌抽屜後，就像情人節放學後還很不乾脆地硬要賴在教室裡不走的男生一樣，無意義地在書包裡亂翻一通。我並未成熟到能夠毫不抱持指望（說不定最後會有人對我說幾句溫暖的話）。

就在我正要放棄最後一個上學日能以溫馨的回憶收尾時，我感覺到有個人站在自己的正前方。我看到深藍色的百褶裙，以及一雙纖細的腿。我若無其事地抬起頭，不讓對方發現我在緊張。

站在我眼前的，既不是我從三年級就暗戀的青山倖，也不是每次在圖書館見到時都會歪著頭對我微笑的望月沙耶。

「可以跟你一起回家嗎？」

日隅霧子以正經八百的表情這麼問我。

霧子這個女生最令人印象深刻的，就是切齊在眉毛上方的瀏海。她是個內向的女生，只會用小得像是講悄悄話的音量說話，隨時隨地都低著頭露出生硬的笑容。成績也很平凡，在教室裡是個不起眼的同學。

以前幾乎從未和我講過幾句話的她，偏偏在今天來找我說話，讓我滿心覺得不可思議。我暗自失望，心想如果來找我的是青山倖或是望月沙耶就好了。但我也沒有理由拒絕她的邀約。我回答說：「是沒什麼關係。」霧子就維持低著頭的姿勢，微笑對我說：

「謝謝你。」

回家的路上，霧子始終不說話。她一副非常緊張的模樣走在我旁邊，不時還欲言又止地窺視我的臉色，但我也不知道該說些什麼才好。明天就要離開這塊土地的人，會有什麼話要對一個以前也並不特別要好的對象說嗎？何況我還是第一次和同年紀的女生兩個人一起回家。

我們彼此都扭扭捏捏，結果連一句話也沒說，就走到了我家。

「那我走囉。」

我輕輕揮手，背向霧子，手伸到玄關門把上。到了這個時候，她似乎才終於下定決心，抓住我的手制止我，並說了聲：「等一下。」她那纖細又冰冷的手指讓我不知所措，忍不住過度冷漠地問了一聲：「怎麼了？」

「那個，我有一件事想拜託瑞穗同學，你願意聽我說嗎？」

我搔了搔後腦杓。這是我感到為難時的習慣動作。

「聽是沒問題啦⋯⋯可是我明天就要轉學了，會有什麼事能為妳做嗎？」

「有啊。不但有，而且這件事只能拜託明天就要轉學的你。」

她一直看著自己抓住的手，說出這樣的話。

「我會寫信給你，所以希望你能回信，然後我就會再回信給你。」

我思索了一會兒。「妳的意思是，想跟我當筆友？」

「對，就是這樣。」霧子說得有點難為情。

「為什麼找我？我覺得找要好的朋友寫，應該會比較開心吧。」

「可是，寫信給住在附近的人也沒什麼意思吧？我從以前就很嚮往寫信給住在遠地的人。」

「可是，我沒有寫過信。」

「那就跟我一樣，我們一起加油吧。」

霧子抓著我的手上下搖動，並這麼說道。

「等一下好不好，突然拜託我這種事……」

但是到頭來，我還是接受了霧子的請求。對於除了賀年卡以外從未寫過什麼信件的我而言，這種落伍的想法反而顯得新鮮又耐人尋味。也有一部分是因為我第一次被同年紀的女生認真拜託，因而沖昏了頭所以無法拒絕。

霧子鬆了一口氣。

「太好了。我一直好擔心要是被拒絕該怎麼辦呢。」

她收下寫了我搬家去處地址的便條紙後，對我說：「等我的信喔。」然後微微一笑，背向我小跑步回家去了。連再見也沒說。她的關心多半是放在我寫的信，而不是活生生的我身上。

轉學後沒多久，我就收到了信。

「我認為我們首先該做的，就是先了解彼此。」她在信上寫道：「所以，我們就先自我介紹吧。」

事到如今才和分隔兩地的同班同學互相自我介紹，說來還挺奇妙的，但除此之外也沒什麼事情可以寫，所以我也就順從了她的提議。

開始當筆友後過了一陣子，我發現了一件事。雖然在我轉學前，根本沒和她說過幾句話，但從信上寫的內容看來，這個叫做日隅霧子的女生，在任何一方面的價值觀似乎都與我酷似。

「為什麼非得讀書不可？」、「為什麼不可以殺人？」、「什麼叫做才能？」我們都很喜歡再次從頭思考這些在早期教育階段就被大人強迫不准思考的事情，討論起「愛」來也同樣正經得連自己都覺得不好意思。

「瑞穗同學對於愛有什麼看法呢？經常聽朋友說起這個字眼，但我到現在還是不太清楚它的意義。」

「我也不太清楚。聽說基督教認為雖然同樣都稱為愛，但可以分為四種；而其他宗教聽說也把愛分成了好幾種，所以我對此束手無策。像我認為我媽媽對雷．庫德（註1）懷抱的感情確實是愛，而我爸爸對 Alden 的馬臀皮鞋的感情也多半是愛，然後我寫信給妳也是一種愛。有很多種。」

「你若無其事地寫出這麼令人開心的話，謝謝你。聽了你的說法，我就想到我說的愛，和朋友說的愛，大概是不一樣的定義。也許就是因為如此，我才會覺得輕易說出這個字的她們很虛假。我說的是一種更具少女情懷、更浪漫的『愛』。就是在電影或書上常常可以看到，但在現實裡一次都不曾見過，和家人之間的愛或性愛也不一樣的『那個』。」

「對於『那個』是否真的存在，我也是到現在都還半信半疑。不過如果妳說的那種『愛』並不是真的存在，而是不知道從哪裡來的誰擅自創造出來的概念，我反而會覺得

註1：雷．庫德（Ry Cooder，1947~），美國的音樂家、吉他手、作曲家。

還挺感動的。從很久很久以前，愛就一再成為誕生出許多美妙的繪畫、詩歌與故事的契機。如果這是人造的，那麼我想『愛』也許就是人類最偉大的發明，或者是全世界最溫柔的謊言。」

就像這樣。

無論針對什麼話題談論，我們的意見就像出生時便離別的雙胞胎似的完全一致。霧子說這種奇蹟簡直「就像靈魂的同學會」，這種形容對我而言同樣非常傳神。靈魂的同學會。

我和霧子的關係越來越密切，但現實生活中我卻始終無法融入轉去的小學。一旦畢業升學後，我終於正式邁入孤單的學生生活。在班上我連一個說話的對象也沒有，在參加的社團活動內也只有基本地交談，沒有任何一個能互相談論自己的對象，簡直比轉學前還不如。

霧子升上國中後，一切似乎都往好的方向轉變，信上寫的盡是她過得幸福的證明。她交到好幾個很棒的朋友，每天都和社團的朋友在社團教室聊些沒營養的話題到很晚。她被選為校慶的執行委員，因而可以進去平常進不去的教室。還有和班上同學溜到屋頂上睡午覺，後來被老師罵等等。

看著這樣的信，讓我覺得不應該用如實寫上自身淒慘現狀的信來回覆。我既不希望讓她對我有無謂的顧慮，也討厭被她認為是個懦弱的人。

如果我向她坦白自己的煩惱，相信她應該會設身處地地聽我訴說。但我要的不是這種情形，我想要在霧子的面前耍帥到底。

於是，我決定在信裡寫下謊言。我在信上寫出了虛構的校園生活，佯裝自己過著不輸給她的充實生活。

起初這種行為只不過是逞強，後來卻漸漸成為我最大的樂趣。看樣子我是學到了演戲的樂趣。我極力排除不自然的部分，在不至於脫離「湯上瑞穗」真實性的範圍內，描寫出最棒的校園生活，並藉由這樣的行為，在信裡創造出另一個人生。在寫信給霧子的時候，我就得以成為理想中的自己。

無論春夏秋冬、不分陰晴雨雪，我都會寫信，然後再投進街角的一個小郵筒。每當收到霧子的信，我就會小心翼翼地用剪刀剪開信封，把臉湊上去嗅信上的氣味，坐在房間床上邊喝著咖啡邊品味信上的文章。

在我們開始當筆友的第五年，十七歲的那年秋天，我最害怕的事發生了。

「我想直接跟你見面說話。」

信上這麼寫道。

「有些事情就是無論如何也沒辦法在信上寫出來。我希望我們能看著彼此的眼睛，聽著彼此的聲音，好好聊一聊。」

這封信讓我非常煩惱。想直接見一面聊一聊，這樣的心情我並非未曾想過。我的確滿心想知道這五年來她有什麼樣的改變。

然而一旦做出這種事，就會暴露出我先前寫在信上的事都是謊言的事實。相信心地善良的霧子不會為了這件事責怪我，但她應該會失望。

我精心揣摩，設想如果只需要扮演一天的話，自己能否徹底扮演好虛構的「湯上瑞穗」？但無論謊言的細節架構得多麼嚴密，長年孤獨的混濁眼神與若隱若現中缺乏自信的舉動，終究無法成功掩飾。到了這個時候，我才後悔先前並未認真地過活。

我還在想著有什麼好藉口可以拒絕她的邀約，結果幾週過去，幾個月過去。後來有一天，我想到就這麼讓關係漸漸淡去，也許才是最好的選擇。一旦告訴她真相，先前那種自在的關係多半就會結束，另一方面，因為擔心謊言被拆穿而提心吊膽地繼續當筆友也十分痛苦。

正好那陣子我忙著準備考試。於是我毅然決然地決定停止持續了五年的筆友關係，乾脆得連我自己都嚇了一跳。

我想到與其被她討厭，不如主動斷絕關係。

而在收到想要見面的信的下個月，我又收到霧子寄來的信。在收到對方的信後，間隔了五天以上再回信，這樣的默契是第一次被打破。相信她多半是因為沒收到我的回信而擔心吧。

然而，我甚至沒將收到的信拆封。下個月又收到了另一封信，但我還是置之不理。我並非未曾感到難受，但除此之外別無他法。

就在我不再寫信的隔週，我交到了朋友。說不定正是因為我太依賴霧子，才妨礙到自己建立正常的交友關係。

時光飛逝，我也漸漸失去了檢查信箱的習慣。

我和霧子的關係就這麼結束了。

讓我再次寫信給霧子的契機，則是一位朋友的死。

四年級的夏天，由於和我一起度過大半大學生活的進藤晴彥自殺，讓我開始把自己關在公寓裡不出門。我沒拿到上學期的幾個重要學分，肯定會留級，但我並不特別放在心上，總覺得事不關己。

對於他的死本身，我幾乎完全不覺得難過，因為早已有了預兆。

從我剛認識他，進藤就一直想死。他一天抽三包菸，大口大口地喝純的威士忌，每天晚上都騎著機車飆車。他搜羅了大量的美國新浪潮電影（註2），反覆看著片中主角輕易死去的模樣，以恍惚的表情嘆氣。

所以當我知道他的死訊時，甚至覺得這樣還挺不錯的，因為他終於去了他想去的地方。我沒有一絲一毫覺得「早知道就該對他好一點」或「我為什麼沒能看出他在煩惱」的後悔。他肯定是希望能在傻笑度過的日常當中，不經意地消失。

但問題在於被留下的我。進藤的離開，對我是非常慘痛的損失。無論是在好的方面還是壞的方面，進藤都是我的支柱。他比我怠惰、比我自暴自棄、比我悲觀，有著這麼一個和我一樣欠缺人生目標的人陪在身邊，讓我覺得舒坦多了。只要看著他，就能夠覺得：「連這樣的傢伙都活在世上了，我也得想辦法活下去才行啊。」

進藤死去，讓我頓失心靈依靠。心中隱約產生一種對外界的恐懼，變得只敢在深夜兩點到四點的這段時間出門。一旦硬要外出，就會不停心悸，陷入過度換氣的狀態而引發暈眩，嚴重時手腳與顏面甚至會發生麻痺與痙攣現象。

我把自己關在拉上窗簾的房間裡喝著酒，一直在看他生前最喜愛的電影，除此之外的時間都在睡覺。跨坐在進藤機車後座上到處跑的那些日子讓我覺得好懷念。我們老是做一些沒營養的事，像是在臭油味很重的深夜電玩遊樂中心裡不斷往大型遊樂機台內塞硬幣、花一整個晚上去海邊卻什麼也沒做就直接回家、一整天在河邊打水漂，又或者是騎著機車在街上到處吹肥皂泡泡。

不過現在回想起來，多半就是一起度過了這種不精采的時光，才加深了我們的友誼。如果我們的關係再健全一點，他的死應該就不會帶給我這麼深沉的寂寞了。

我心想，怎麼不乾脆把我也拖下水就好了。要是進藤邀我，我多半會和他一起笑著往谷底跳下去。

但也許進藤就是知道我會奉陪，才一句話都沒跟我商量就去尋死。

註2：指1967-1976年好萊塢電影經歷外來的影響後，電影的形式和主題產生了改變，其中觀眾群也開始朝向青少年。

當蟬死得差不多，樹木也染上紅色時，秋天來了。這是十月底的事。

我忽然想起了與進藤閒聊過的一段談話。

那是個晴朗的七月午後。我們在悶熱的房間裡一邊喝著啤酒，一邊天南地北地聊天。桌上的菸灰缸裡堆成一座小山，幾乎只要抽掉一根就會崩塌，菸灰缸旁則有像保齡球瓶一樣擺得整整齊齊的空罐。

蟬停在窗邊電線桿上發出刺耳的鳴聲。進藤撿起一個空罐，到陽台朝蟬扔了過去。離目標差了老遠的空罐掉在道路上，發出鏗鏘的聲響。進藤咒罵了一聲。

就在他拿起第二個空罐時，蟬就像是故意嘲笑他似地飛走了。

「對了，」進藤拿著空罐呆站在原地說：「錄取與否的通知差不多該收到了吧？」

「我什麼都沒提，你就應該要猜到啦。」我拐了個彎回答。

「沒上啊？」

「對啦。」

「我放心了。」和我一樣連一間公司的錄取資格都沒拿到的進藤說道：「順便問一下，後來你有去應徵別家公司嗎？」

「沒有，我什麼都沒做。我的求職活動已經進入了暑假。」

「暑假啊？這個好。」

「我也從今天開始放暑假吧。」進藤這麼說道。

電視上正在轉播高中棒球賽。一群比我們小了四、五歲的棒球少年，在觀眾的加油聲下活躍著。比賽在雙方都未得分的情形下，打到了七局下半。

「問你一個怪問題。」我說：「進藤你小時候想當什麼？」

「高中老師啦。我不是講過好幾次了嗎？」

「啊啊，你確實講過。」

「現在回想起來，我想當老師，就和獨臂人想當鋼琴家一樣啊。」

如同當事人所說，進藤這個人怎麼看都不適合當老師。只是如果問我他適合什麼樣的職業，我也不知道該怎麼回答才好。如果是要當「千萬不可以變成像他這樣」的這種負面教材，相信再也沒有比他更適合的人選了，不過目前世上並不存在負面教師這樣的職業。

「其實也不是沒有獨臂鋼琴家啦。」我這麼說道。

「也是啦。順便問一下，你以前想當什麼？」

「這個嘛，我什麼都不想當。」

「鬼扯。」進藤頂了頂我的肩膀後說：「小孩子不都會被大人弄得產生一種錯覺，以為自己會有夢想嗎？」

「可是我真的沒有。」

電視傳來歡呼聲，看來是比賽有了進展。球打在護欄上，外野手拚命去追。二壘跑者已經一腳蹬在三壘壘包上，球傳到游擊手的手上後，他放棄回傳本壘。

播報員說他們得到了寶貴的一分。

「對了，你國中時代不是參加棒球校隊，而且還是縣內知名的投手嗎？」進藤說：「我聽國中時代的朋友說過，有個姓湯上的左撇子，明明才二年級，卻離譜地老是能把球送到正確的位置。」

「應該就是說我吧。不知道怎麼回事，我就只有控球力特別突出。可是，我在國二的秋天就退出了。」

「是受傷還是怎麼了嗎？」

「不是。這說來有點奇妙……我國二那年夏天，在縣內預賽的準決賽中贏得了勝利，那一天我的確成了英雄。這樣聽起來像是在往自己臉上貼金，但能贏得那場比賽，幾乎全是我一個人的功勞。那間國中的棒球校隊能留到準決賽，真的是很罕見的事情，所以學校動員所有人來幫我們加油，每個見到我的人無一不稱讚我。」

「從現在的你看來，完全沒辦法想像啊。」進藤十分懷疑地說道。

「我想也是啊。」

我露出苦笑。也難怪他會這麼說。連我自己也是每次回顧時，都覺得很不踏實。

「我在學校裡沒幾個朋友，是個不起眼的學生，突然在這一天成了英雄。感覺實在棒透了。可是啊，那天晚上，我躺在床上回顧這一天，突然湧起羞恥的感覺。」

「羞恥？」

「對，就是羞恥。我覺得自己很可恥。覺得『這有什麼好樂得沖昏頭的？』」

「這也沒什麼奇怪的吧，那種狀況下會高興得沖昏頭也是當然的。」

「也是啦。」我這麼回答。進藤說得沒錯。當時我沒有任何一個不該沖昏頭的理由，大可坦率地為此高興。但就是有某種東西從意識底層冒出來，拒絕我這麼做。我的心情就像氣球被灌得太飽而脹破似的，一瞬間萎縮下來。

「總之，在我有了這個念頭的瞬間，就越想越覺得一切變得非常可笑。然後我就想到：『我不想再丟人現眼了。』兩天後，決賽的當天，我搭上第一班電車，結果卻是跑去電影院。我在那裡連續看了四部電影，還記得因為冷氣開得太強，始終在摩擦手臂取暖。」

進藤捧腹大笑：「你是白痴啊？」

「我是個大白痴。可是，就算時光倒流，再給我一次同樣的機會，我想我還是會做出一樣的選擇。比賽結果當然是以懸殊的比數慘輸了，不管是隊員、教練、班上同學、老師還是爸媽，全都氣得不得了。他們問我不去參加決賽的理由，我回答說：『弄錯日期了。』結果這似乎是火上加油。暑假剛結束的第一天，我就被帶到隱密的地方圍毆，鼻梁骨折，有點變形。」

「你是自作自受。」進藤這麼說。

「一點也沒錯。」我表示同意。

電視上的比賽似乎也分出了勝負。最後一棒打者只打出了不怎麼樣的二壘方向滾地球。兩隊球員行禮後互相握手，輸掉的那一隊——想來應該是教練教他們要這樣做——始終擠出令我覺得噁心的笑容。總覺得很病態。

「我從以前就是個沒有任何慾望的小孩，」我說：「完全沒有任何想做什麼或想得到什麼的想法。我做事只有三分鐘熱度，很難熱中於一件事情，不管做什麼都無法持續。像七夕要交的許願掛籤，我也每次都交白卷。我們家沒有所謂的聖誕禮物，但我從來不曾對這點感到不滿，甚至覺得其他家的小孩好可憐，每年都得決定自己想要什麼東西才行。就算拿到壓歲錢，我也只交給我媽媽，請她拿去補貼當時我去上的鋼琴班學費。而且我會去上鋼琴班，也只是想減少待在家的時間。」

進藤關掉電視，將ＣＤ播放器的電線插上插座，按下播放鈕。是尼爾．楊（註3）的《Tonight's the Night》，是他最中意的ＣＤ之一。

「你真是一點都不純真的小孩，聽了真不舒服。」第一首曲子播完後，進藤說道。

「可是，當時我一直以為這樣才正常。」我說：「大人這種生物，對傲慢的小孩會開罵，但對沒慾望的小孩就不怎麼會罵，所以我花了不少時間才注意到自己很奇怪……我現在遇到的問題，多半就是這個。我想面試的主考官多半也看出來了，看出我不但不是真心想工作，還不想要錢，甚至不想得到幸福。」

進藤沉默了好一會兒。

註3：尼爾．楊（Neil Young，1945~），加拿大的創作型搖滾歌手，1969年單飛展開音樂活動，1995年入選搖滾名人堂。

我在想自己是不是說了無趣的話。

就在我為了改變話題而想隨便說點話時，進藤開口了。

「可是你不是和筆友通信得很開心嗎？」

「……筆友啊。我的確有過一段時期在做這種事啊。」

明明一刻也不曾忘記，我卻像是事隔多年才想起似地這麼說道。

進藤是唯一知道我和霧子在當筆友、且在信上寫的全是謊言的人。一年前我去參加啤酒節時，喝醉酒又被太陽曬昏頭，才不小心脫口而出。

「的確，要說我沒有樂在其中，就是騙人了。」

「你這個女生筆友，叫什麼名字來著？」

「日隅霧子。」

「對了，就是日隅霧子，那個被你單方面停止通信的女生。真是可憐，就算你不理她，她還是不屈不撓地繼續寫信給你好一陣子吧？」

進藤咬下一口牛肉乾，並用啤酒灌進肚子裡。

然後說：

「吶，瑞穗，你應該去見日隅霧子。」

我以為他是說笑，嗤之以鼻，但進藤的眼神很認真，充滿了信心，他確信自己剛剛說的話是個絕妙的主意。

「去見霧子？」我用諷刺的口氣說：「然後為五年前的事向她道歉，跟她說『請妳原諒我這個騙子』？」

進藤搖了搖頭。

「我要說的是，不管你寫在信上的事情是謊話還是事實，你說過的那種……對了，就是『靈魂的交流』，能夠如此交流的對象可不是那麼容易找得到。你可以對自己和那個叫霧子的女生之間的相配度更有信心一點，而且你們從姓氏就是天造地設的一對，『YUGAMI』和『HIZUMI』都是『歪』的訓讀（註4）啊。」

「不管怎麼說，已經太遲了。」

「我看未必。在我看來，如果真的是心意相通的對象，五年、十年的空窗期根本不成問題，完全可以像昨天才一起聊過天似地歡笑。我覺得光是為了確定日隅霧子對你來

註4：訓讀是日文漢字的一種發音方式，而「扭曲」（歪み）有兩種發音，分別和「湯上」與「瑞穗」同音。

說是不是這樣的對象而去見她一面，其實也挺不壞的。說不定可以形成一個契機，讓你找回失去的慾望。」

我不記得後來是怎麼回答，想必是含糊其辭，不再談論這個話題。

我心想，就去見霧子一面吧。有一部分是因為我想珍惜進藤送給我的話，另一部分是因為失去了好友而覺得寂寞。不過最重要的原因則是因為我切身體會到「喜歡的人不見得會一直活著」這件事。

我鼓起勇氣走出家門，開快車回到老家。從房間的衣櫃裡拿出一個長方形的餅乾盒，將霧子寄給我的信照日期順序排到床上。但就只有那幾封不再回信後霧子仍然寄來、我卻根本沒拆封的信件是怎麼找都找不到。我到底放到哪裡去了？

我在這個飄散著懷念氣味的房間裡，一封一封地重看這些信。花了五年累積起來的信件合計有一百零二封，我以回溯時間的方式，從最後一封信看起。

等我看完她寄給我的第一封信，太陽都下山了。

我買了信封和信紙，回到公寓寫信。我的手還很熟悉收件人的地址。

想要告訴她的事情有一大堆，但我想到最好的方法還是實際見面告訴她，所以只簡單寫了幾句話。

「五年前做了對不起妳的事，我有事瞞著妳。如果妳還願意原諒我，十月二十六日請來公園一趟，就是我們以前小學上學途中的那座兒童公園。我會等妳一整天。」

我只寫下這些，就把信投進郵筒。

我不抱指望，自認是不抱任何指望。

第2章　稀鬆平常的悲劇

霧子並未出現在我信中提到的公園。

時間已經過了凌晨十二點，我從長椅上起身，再等下去多半也是白等。我離開了這個溜滑梯油漆剝落、鞦韆的坐板被拆下、方格鐵架生鏽、與十年前相比已經完全變了樣的兒童公園。

我的身體從裡冷到外。雖說撐了傘，但在十月的雨中待一整天，會這樣也是理所當然。吸了水的軍裝大衣又重又冰冷，牛仔褲緊貼著雙腳，剛買的鞋子沾滿了泥土。我心想，還好是開車來。要是照一開始的計畫，轉搭電車和公車過來，就得等到一大早的第一班車發車了。

我快步躲到車上，脫掉淋濕的外套，發動引擎，開了暖氣。換氣扇吐出有霉味的熱風，花了二十分鐘左右，車內總算溫暖起來。隨著身體的發抖漸漸平息，我也越來越想喝酒。想喝那種酒精濃度很高，最適合當悶酒喝的酒。

我開到深夜仍有營業的超級市場，買了小瓶裝的威士忌和綜合堅果。我在收銀機前排隊等結帳，有個年紀大約超過二十五歲、沒化妝的女人，光明正大地插隊進來，接著有個看似她男友的男人也跟著進來。兩個人都一副睡衣配拖鞋的打扮，卻散發出一種像是剛噴了香水似的氣味。我本來想抱怨，不過到頭來連咋舌聲都發不出來。我在心中痛罵自己窩囊。

車停在停車場的角落，我在車上慢慢喝著威士忌。灼熱的蜜糖色液體燒著喉嚨往下流，為意識蒙上一層溫和的霧靄。收音機發出破音的英文老歌，以及雨水打在車頂上的聲音，這些都讓我覺得十分自在。停車場的燈光在雨中濺開，顯得亮麗無比。

然而音樂遲早會結束，酒會喝完，燈光會消失。我關掉收音機，閉上眼睛的瞬間，就湧起一股強烈的寂寞。我只想盡快回到公寓蒙頭大睡，什麼也不去想。就連平常甚至覺得喜歡的黑暗、寂靜與孤獨，偏偏都在此時蠶食起我的心。

我自認一開始就不抱任何指望，不過看來我比自己想像中更加迫切渴望與霧子重逢。我那爛醉的腦子，多少比平時更能坦率承認自己的感情。沒錯，我覺得受傷。霧子沒出現在公園，讓我失望透頂。

她已經不需要我了。

我心想，早知道會這樣，一開始就應該接受她的邀約。無論是十七歲的我，還是二十二歲的我，都一樣是個騙子、是個一事無成的失敗者。既然如此，當然是趁她還想見我的時候去見她比較好。我竟然做出如此浪費的選擇！

我本來打算睡到酒精消退為止，但臨時改變了心意。我將車子開出停車場，用力踩油門，中古的輕型車發出哀號開始加速。

酒醉駕車。

我知道這是違法的行為，但豪雨讓感覺麻痺。既然雨下得這麼大，做點小小的壞事也不會被責怪。

雨勢漸小。我為了揮開來自酒醉的睡意，又加快了時速到六十公里、七十公里、八十公里。輪胎一瞬間陷進較深的積水而發出轟隆聲減速，隨後又再度加速。在這種鄉下道路、這種天氣、這種時間，相信應該不必擔心會有對向來車或行人。

這是一段很長的直線道路，高聳的路燈在道路兩旁綿延不絕。我從口袋裡拿出香菸，用點菸器點燃，吸了三口後扔出後車窗外。

這個時候，我的睡意到達巔峰。

我想自己失去意識的時間，應該只有短短一、兩秒。

不過當我醒來的下一瞬間，一切都太遲了。我駕駛的車開進了對向車道，車頭燈照出幾公尺前方的人影。

在這短暫的瞬間，我想起了各式各樣的事情，其中還包括許多小時候無關緊要、早已忘記的往事。像是從短期大學畢業的幼稚園老師做給我的淺藍色紙氣球、小學感冒請假那一天看著的陽台玻璃窗、探望住院的母親後回家路上去逛的昏暗文具店等等。

這也許就是所謂的人生走馬燈現象。多半是我試圖從二十二年間的記憶當中，抽出能夠用以避免車禍的知識或經驗，所以才會忙著將這些記憶的抽屜一一翻開。

尖銳的煞車聲響起。肯定來不及了。我放棄一切，閉上了眼睛。

緊接著──車身產生劇烈的衝擊──。

然而，車身並未受到任何衝擊。

經過漫長得像是永恆的幾秒鐘，車子停下來之後，我戰戰兢兢地往四周張望，至少在車頭燈照得到的範圍內，並沒有人倒在地上。

發生了什麼事？

我開了雙黃燈後下車，先繞到汽車前方，車身沒有任何損傷或凹陷。如果撞到人，應該會留下痕跡。我再度往四周張望，連車子底下也查看過，但哪兒都找不到倒地的屍體，心臟發了狂似地猛跳。

我在雨中呆立不動，告知車門未關的警示聲在黑暗中迴盪。

「是我煞住了嗎？」我自言自語著。

是我下意識打方向盤閃過了？還是對方驚險地躲開，然後就這麼離開了？

又或是說，這一切都是酒醉與疲勞製造出來的幻覺？

我是不是躲過了開車撞到人這一劫？

這時，背後傳來有人說話的聲音。

「不對，你沒煞住。」

我轉身一看，看到一名少女。從她一身深灰色制服外套和花呢格紋裙的打扮看來，多半是在放學回家的路上。她的年紀大概是十七歲上下，嬌小得幾乎比我矮了兩個頭。她似乎連傘都沒撐就走在路上，全身濕淋淋的，淋濕的頭髮沾在額頭與臉頰上。

我想，我大概是在車頭燈的照射下，看著這個站在雨中的長髮女生看出神了。

她很美。是那種不會因為沾到雨水或泥巴就有所減損，反而會被髒汙襯托得更突出的美。

我尚未問她「沒煞住」是什麼意思，少女就用雙手握住背在肩上的書包提把，猛力往我臉上砸來。書包在我鼻子上打個正著，讓我的視野中冒出無數個細小的光點。我失去平衡，躺到了積水上，冰冷的水立刻透進外套。

「就是沒能來得及煞車。我，死掉了。」少女跨坐到我身上，揪住我的衣領搖晃著我說道：「看你做的好事！你要怎麼賠我？」

當我正要開口，少女的右手就飛來打了我一巴掌，就這麼連續打了兩、三下。我鼻頭發燙，感覺得出正在出血，不過我也沒有資格抱怨。

因為，我殺了這名少女。

儘管被殺的當事人活力充沛地一直打我，但我的確開著時速八十公里以上的車撞到了她。距離短，又是那種速度，即使踩了煞車、打了方向盤，也不可能來得及。

少女手握拳頭一再打我的臉和胸口。被打的時候幾乎完全不痛，但骨頭和骨頭碰撞的衝擊讓我很不舒服。沒過多久，少女似乎精疲力盡，喘著大氣連連咳嗽起來，也才終於停手。

雨依然下個不停。

「吶，可以請妳解釋一下到底發生了什麼事嗎？」我這麼問。嘴裡破皮，有著像是在舔鏽鐵時會有的味道。「我開車撞死妳，這大概錯不了。那麼，妳為什麼一點傷都沒有，還好端端地活蹦亂跳？還有為什麼車身沒有留下痕跡？」

少女不回答，起身踢了我的側腹部一腳。與其說是踢，不如說是用全身體重踩踏來得貼切。這下可難受得不得了。我感覺到一種像是內臟被釘入一根木樁似的疼痛，覺得肺裡的空氣全都漏了出來。

我好一陣子無法呼吸。要是胃裡裝的東西再多一點，恐怕已經全都吐了出來。少女看到我的身體彎成く字形，似乎消了些氣，暴力的舉動就此停歇。

我一直躺著淋雨，直到痛楚離去。坐起上身想要站起時，少女就朝我伸出了手。我不明白她的用意，只茫然地看著她的手，少女就對我說：「你要坐到什麼時候？還不快點站起來。」

「我要你送我回家。這點小事你應該肯答應吧？殺人凶手先生。」

「……好，當然。」

我抓住了她伸出來的手。

雨勢又漸漸變大了，車頂傳來像是無數隻鳥在啄的聲響。

少女坐在副駕駛座上，脫掉淋濕的制服外套往後座一扔，摸索著點亮了車內燈。

「聽好了，請你看清楚。」

她一邊說著一邊將手掌伸到我眼前。

過了一會兒，她漂亮的手掌上，漸漸浮現出緊繃的淡紫色傷痕。那是一種像是刀子割傷，花了好幾年痊癒而留下的傷痕，不像是剛才的車禍造成的。

少女朝啞口無言的我說道：

「這道傷痕是五年前弄出來的……剩下的請你自己想。聽了這個解釋，應該差不多都懂了吧？」

「不懂。不，我反而更搞不清楚了。現在到底是什麼情形？」

少女一副厭煩的模樣嘆了一口氣。

「也就是說，我可以『取消』發生在自己身上的事。」

「取消」？

我試著對她話中的含意思考了一番，但還是什麼也無法理解。

「可以請妳說得更簡單一點嗎？妳說的是一種比喻嗎？」

「不是，就是照字面的意思解釋。我能『取消』發生在自己身上的事情。」

我歪了歪頭。如果照字面的意思解釋，會更令人摸不著頭緒。

「也難怪你會難以相信，畢竟連當事人都還不清楚自己為什麼會有這種能力。」

少女邊說著邊用食指輕輕摸了摸手掌上的傷痕。

「我再說一次，這道傷痕是五年前弄出來的，可是我『取消』了我『受了傷』的事實。然後剛剛我是為了解釋給你聽，才把傷痕復原。」

「取消」事實？

這實在太超脫現實了。我從來沒聽過有誰能取消發生在自己身上的事情，這種能力顯然超過人類智慧所能理解的範圍。

然而，眼前就是發生了只有這種說法能夠解釋的事態，她親身證明了這一點。我明明開快車撞到她，她卻得救了，而一直到剛才都不存在的傷痕，卻又能突然出現。簡直就像是童話故事的魔法師，但在我能找出其他令人信服的解釋之前，也只能相信了。總之，我就先把這個說法當成假設來接受。她能施展魔法，能「取消」發生在自己身上的事情。

「也就是說，我引發的車禍也是妳『取消』的嗎？」

「就是這麼回事。如果你不相信，要不要再讓你看一看別的例子？」

少女捲起上衣的袖子。

「不用了，我相信。」我說：「雖然實在太……太超脫現實，但事情就發生在眼前。可是，如果妳能『取消』車禍，為什麼我還會有『開車撞到妳』的自覺？為什麼我不會就這麼開走？」

她聳了聳肩膀說道：「我不知道。並不是一切都是我有意識去做的，我才希望有人告訴我呢。」

「另外還有一點。雖然妳是為了便於解釋才用這種說法，但嚴格說來，妳應該不是真的能把事情完全『取消』吧？不然就無法說明妳剛才的怒氣。」

「……是啊，你說得沒錯。」少女以不高興的表情點了點頭說道：「我的能力終究不過是一種緩兵之計。過了一定的期間後，『取消』的事情又會恢復原狀。說起來我能做到的，就只是把我不希望發生的事情『延後』而已。」

「延後」。我恍然大悟。若是這樣，就能夠理解她先前的怒氣。她不是得以免於死亡，而是暫且保留，遲早還是得接受死亡。

若從她剛才的說法聽來，她至少可以延後事情五年，少女看穿我的心思後說：

「我話說在前面，我之所以能把手掌上的傷痕延後足足五年，因為那只是一個不會有生命危險的小傷口。能延後事情多久，是由我祈求的強度和事情的大小來決定。祈求的強度越強，能保留的期間就越長；事情越大，能保留的期間就越短。」

「那麼，今天的車禍能維持『取消』多久？」

「……依感覺來判斷，頂多十天左右吧。」

十天。

一旦過了這十天，少女就會死去，我也將會變成殺人凶手。

我覺得這一切好像不是真的。一部分是因為身為受害者的少女就在我眼前說話，另外直到現在，我還是無法完全捨棄這只是一場惡夢的淡淡希望。我過去曾經幾十次、幾百次，夢見因為自己的過失而對他人造成無可挽回的傷害，所以我覺得現在遇到的事情，只是這無數的惡夢之一。

總之先道歉再說。

「對不起。我真不知道該怎麼賠罪……」

「不用了，就算你道歉，我也不會起死回生，你的罪也不會消失。」少女冷漠地說：「你先送我回家好了。」

「……好。」

「還請你安全駕駛。要是再撞到別人，可就沒完沒了。」

我照少女指的路線開車。平常不會在意的引擎聲，現在聽來格外刺耳。嘴裡血的滋味始終無法消散，讓我吞了好幾次口水。

少女說她是在八歲的時候，發現自己擁有這種神奇的能力。上完鋼琴課在回家的路上，她發現被車撞死的貓屍體。那隻灰毛貓總是在這附近徘徊，她也十分熟識。灰毛貓似乎有人飼養，異常地不怕生，只要一朝牠招手，牠就會來到人的腳下繞著圈子走。就算摸了牠也不會跑掉，更不會說人的壞話，對少女來說是少有的朋友。

這隻貓死狀淒慘。血滲得柏油路上一片黑漆漆的，疑似被撞到時噴出而濺在護欄上的血，卻是深紅色的。

少女沒有勇氣幫牠收屍或掩埋。她從屍體移開目光，快步回家去了。途中她聽見音樂盒傳出的音樂，是〈My Wild Irish Rose〉（註5）。在往後的人生裡，她一次又一次地聽著同一首曲子。每次成功「延後」事情，她的腦海中就會開始播放這首曲子。等到演

註5：為奇斯．傑瑞特（Keith Jarrett，1945~）所作，收錄於《The Melody at Night With You》的一首歌，傑瑞特為免疫性疾病所苦時，獻給妻子Rose的作品，描述回憶與妻子的初識情景。

奏結束，傷害她的種種事實就會被「取消」。

她做完功課，獨自吃完包在保鮮膜裡的晚餐，想著：「那隻貓真的是我認識的貓嗎？」當然，在意識底層她知道那是不容懷疑的真相，但在意識表層她拒絕承認。

少女穿上拖鞋，偷偷溜出家門，來到了白天看到屍體的地方。但別說是屍體了，就連血跡也沒看到。會是已經被人收拾乾淨了嗎？又或者是有人不忍心而移走了？但她總覺得不對勁，現場的狀況似乎是從一開始就不存在屍體與血跡。少女站在原地發呆，心想是弄錯地方了，還是自己的腦袋出毛病了。

幾天後，少女找到了灰毛貓，她鬆了一口氣，心想果然是自己誤會了。她一如往常地招手，貓就悠哉地走過來。當少女想摸摸貓的頭而伸出手去，手掌外側突然傳來一陣燙傷似的疼痛。她趕緊縮手一看，手上出現了一道約有小指長的抓傷。

她覺得被背叛了。

過了一週左右，傷口不但並未癒合，反而開始紅腫。她發高燒，還有想吐的症狀，於是向學校請假。少女想到，那隻貓多半是帶原者。雖然忘了名稱，但就是十隻貓裡會有一隻帶有的那種病菌。相信是被貓抓傷時，這種病菌從傷口入侵了她的體內。

高燒好一陣子不退。她全身乏力，全身多處關節與淋巴結都在痛。

要是灰毛貓被撞死的這件事，不是我的誤會就好了。用不了多少時間，少女就開始有了這樣的念頭。要不是那隻貓還活著，自己應該就不必這麼難受了。

當她下次醒來，高燒已經完全退去。既不痛也不會想吐，完全康復了。

「我的高燒好像退了。」

她對母親這麼報告，母親就歪了歪頭說：

「妳有發燒嗎？」

少女心想：「我都發高燒昏睡了好幾天，妳說這什麼話？」像昨天、還有前天也是……她正要回溯記憶，卻注意到自己的腦子裡除了生病昏睡的那幾天之外，似乎還有其他的記憶並存。

在那些記憶裡，她昨天和前天，甚至這一個月來都有去上學，連一天的假都沒請。無論是上課的內容還是午休時間看的書，甚至連營養午餐的菜單她都想得起來。

緊接著，她陷入了極度的混亂。昨天一整天都在家裡昏睡；昨天去上學，上了數學、國語、美勞、體育和社會課。腦海中存在著這兩種互相矛盾的記憶。

她不經意地一看手掌，發現抓傷已經消失了。感覺不像是治好，而是傷口從本來存在的地方憑空消失。她又想，不對，是根本就不曾有過傷口。當時死掉的貓，確實是自己熟識的那隻貓，死掉的貓自然不可能抓傷人。

所以她毫無理由地確信，讓那隻理應死掉的貓暫時延命的就是自己。多半是因為我祈求了，因為我強烈祈求那隻灰毛貓不要死，才暫時讓「貓被車撞死」的事實被「取消」。不過我因為被這隻貓抓傷而生病，因而有了「要是這隻貓死掉就好了」這樣的念頭。因此一開始的那個願望失去了效力，車禍再度變成「發生過的事」，事實也因而變成「我沒被貓抓傷」。

少女的這個解釋極其正確。日後少女為了驗證假設，前往那天那隻貓的屍體所在位置。一如所料，理應消失的血跡又再度出現。車禍果然有發生過，只是暫時被「取消」罷了。

後來每當有討厭的事情發生，少女就會接連「取消」這些事情。她的人生裡充滿令她想「取消」的種種。她心想，多半正是因為如此，自己才會被賦予這樣的能力。

這些話是等到更久以後，少女才親口說出來。

我在路口等紅燈，臉一直望向副駕駛座窗外的少女頭也不回地說：

「我聞到怪味道。」

「怪味道？」

「剛才下著雨，我才沒發現……你該不會喝酒了吧？」

「嗯，對啊。」

我自暴自棄地老實回答。

「原來你酒醉駕車？」少女一臉受不了的表情說：「你大概以為酒駕肇事這種事不會發生在自己身上吧。」

我無話可說。雖然知道酒醉駕車的風險，但我隱約想到的「風險」，只包括被臨檢攔下來或是撞到電線桿之類的小事。我心中認定車禍致死這種事情，就和銀行搶匪或公車劫案一樣與我無緣。

「請在那邊左轉。」

車子開進了沒有路燈的山路。朝時速表一看，連三十公里都不到。就在我想稍微用力踩下油門的瞬間，腳卻當場僵住。我覺得很不可思議，但仍慢慢加快速度，結果手掌開始不尋常地大量冒汗。

對向來車的燈光映入眼簾。我放輕油門，降低了速度，和對向來車會完車後，又繼續減速，最後終於停車。心臟就像剛出車禍時那樣劇烈跳動，冷汗順著腋下往下流。我想再度開車前進，腳卻不聽使喚，撞到少女之際經歷到的「那種感覺」還在腦子裡揮之不去。

「該不會是，」少女說：「撞到我之後，讓你怕得不敢開車？」

「傷腦筋，似乎是這樣。」

「你活該。」

不管重新挑戰幾次，都只前進幾公尺，但心悸卻始終停不下來。我把車停靠在路邊，關掉雨刷後，轉眼間前車窗上就形成了一道水膜。

「不好意思，我要在這裡休息一下，等到可以正常開車再走。」

我這麼告訴少女，然後解開安全帶，把椅背往後倒，閉上了眼睛。

幾分鐘後我聽到身旁發出倒下椅背、改變姿勢的聲響。她多半是想背對我睡覺吧。

只要在黑暗中靜止不動，後悔的浪潮就會慢慢湧上心頭。我重新體認到，自己真的鑄成了無可挽回的大錯。

我為每一件事情懊悔。那個時候開快車就錯了、酒醉駕車就錯了，追根究柢，會在那種時候喝酒就錯了。不，想去見霧子這件事本身就是大錯特錯。

像我這樣的人，應該獨自關在房間裡鬱鬱寡歡。至少這樣不會造成別人的困擾。

我毀了她的人生。

為了轉移心思，我向少女問道：

「吶，為什麼像妳這樣的高中生，會一個人在深夜走在那種荒涼的地方？」

「用不著你管吧？」少女冷漠地撂狠話：「你啊，該不會是想說會發生車禍，我也有責任吧？」

「不，我不是這個意思。只是……」

「都是因為你輕忽大意奪走別人的性命，還講這種話也太過分了吧，你這個殺人凶手。」

我深深嘆了一口氣，然後仔細聆聽車外的雨聲。躺下來之後我知道了一件事，那就是我的身體已經疲憊到了極點，又因為酒精尚未消退，意識變得斷斷續續。

我盼望下次醒來時，一切都已恢復原狀。

在半夢半醒之間，我隱約聽到了少女啜泣的聲音。

我人在深夜的電玩遊樂中心。這當然是夢。天花板油膩泛黃，地板滿是焦黑的痕跡，多處日光燈閃爍，並排的三台自動販賣機當中，有兩台貼著以潦草字跡寫著「故障中」的白紙。成排老舊的大型遊樂機台全都沒打開電源，四周籠罩在寂靜之中。

「我開車撞到了一個女生，」我說：「車速快得要殺一個人是綽綽有餘。下雨讓煞車幾乎完全不管用，所以我似乎成了殺人凶手。」

「原來如此。那你現在感覺怎麼樣？」

進藤坐在椅墊破損的高腳椅上，手肘拄在遊樂機台的框體抽著菸，饒有興趣地問道。他這種不客氣的問法讓我好懷念，不由得臉頰放鬆。進藤就是一個這樣的傢伙，別人的好消息就是他的壞消息，別人的壞消息就是他的好消息。

「真是糟透了。光是想像接下來得接受什麼樣的懲罰就很想死。」

「沒什麼好擔心的。真要說起來，你根本就沒有什麼『生活』可以失去吧？你每天都過著行屍走肉的日子，不是嗎？過著沒有任何意義、沒有任何目標，也沒有任何樂趣的人生。」

「所以才終於要結束啦……早知道會這樣，我就應該追隨你了。如果是在朋友剛自殺不久的時候，我應該也可以不太抗拒地成功自殺。」

「別這樣，噁心。這樣豈不是弄得像是殉情？」

「說得也是。」

我們的笑聲迴盪在靜悄悄的電玩遊樂中心裡。

我們把硬幣投進滿是磨損痕跡的機台，挑一款落伍的遊戲來對戰。二勝三敗。考慮到實力的差距，我已經算是表現很好了。畢竟進藤這個人不管做什麼事，都能留下過人的成績，他掌握事物本質的速度快得異常。

但相對地，直到最後，不管在任一範疇，他都沒能成為一流的人才。我想多半是因為害怕，他投入一個領域後，會對忽然掃興地覺得「我到底在搞什麼？」的那一瞬間怕得要命，就是無法把自己的一切奉獻在任一事物上。和我一模一樣。

多半也就是因為這樣，進藤才會喜歡那些從一開始就知道是沒營養的東西。像是落伍的遊戲、不實用的樂器、大得離譜的真空管收音機。他熱愛這些沒有用處的東西。

進藤從椅子上站起，從唯一還在運作的自動販賣機買了兩罐罐裝咖啡回來。他交給我一罐，然後說：

「瑞穗，我有一個問題要問你。」

「什麼問題？」

「這場車禍真的是完全無法避免的嗎？」

我不明白他這麼問的用意。「這話怎麼說？」

「我想說的是，也就是說……你是不是在無意識中，自己引來了這場悲劇。」

「喂喂，你這話說穿了，就是在懷疑我是故意引發車禍的？」

進藤不回答。他露出饒富深意的笑容，把幾乎只剩濾嘴的香菸丟進空罐，又點起下一根菸。他的意思是要我仔細想想看。

我針對他話裡的含意思索。但無論我如何絞盡腦汁，也導不出像樣的結論。如果單純是指我有自我毀滅的願望，他不會用這種問法。

進藤是想讓我察覺到什麼。

夢總是沒有脈絡，不知不覺那裡已經不再是電玩遊樂中心。這次我站在遊樂園的入口。這裡有販賣部與售票處，以及旋轉木馬和旋轉鞦韆等遊樂設施，後頭還有大摩天輪、海盜船與雲霄飛車等。到處都可以聽見遊樂設施的運作聲中夾雜著女性的尖叫聲，園內的喇叭發出極盡歡樂的爵士大樂隊音樂，遊樂設施旁邊則可以聽見復古的一人樂團（註6）的音色。

我似乎不是獨自來到這裡，身旁有個人用力握著我的左手。半夢半醒的我覺得不可思議，照理說我應該從不曾和任何人兩個人單獨去遊樂園玩。

我覺得眼瞼另一側亮得刺眼。睜開眼睛一看，雨已經停了，地平線附近交雜著夜晚的深藍色與早晨的橘紅色。

「早安，殺人凶手先生。」少女似乎已經醒了，她開口說：「能開車嗎？」

朝霞照亮她的眼睛，有哭腫的痕跡。

「大概可以。」我這麼回答。

看來我對開車的恐懼果然只是暫時性的。無論是握住方向盤的手，還是踩油門的腳，似乎都沒有問題。但我還是小心翼翼地以時速四十公里左右的速度，開在閃閃發光地反射著朝陽的濕潤道路上。

我有話想先跟少女說清楚，但不知道該怎麼起頭才好。我以剛睡醒的昏沉腦袋東想西想，結果就開到了要去的市鎮。

「到那邊的公車站牌就好，」少女說：「請讓我下車。」

註6：Photoplayer，將一整個樂團的樂器濃縮在一台機器裡，並由一人演出音樂，早期的默片或卡通的配樂皆是用此機器演奏。

我把車停在停車處後，叫住了打開副駕駛座車門正要下車的少女。

「吶，有沒有什麼我能做的事？只要妳吩咐，我什麼都答應。拜託妳讓我贖罪。」

我沒有得到回答。少女默默走到人行道上，往前邁出腳步。我下車追上去，抓住少女的肩膀。

「我真的覺得很對不起妳，我想贖罪。」

「請你從我的視野消失，」少女說：「越快越好。」

我還不死心地說：「我並不是要妳原諒我，只是想盡可能讓妳的心情輕鬆點。」

「我為什麼就得為了你的自我滿足而給你加分的機會？『想讓妳的心情輕鬆點』？你只是想讓自己輕鬆點吧。」

我後悔了，剛剛的說法太不妥當了。聽到殺死自己的凶手對自己說出這種話，任誰都會覺得假惺惺。

感覺不管說什麼，都只會惹她生氣。看來也只能先退一步。

「我知道了。而且妳好像想一個人靜一靜，我就先消失吧。」

我拿出記事本，寫下手機號碼，撕下這一頁交給少女。

「要是有什麼事情想叫我做，就打這支電話，不管什麼時候我都會馬上趕到。」

「我拒絕。」

少女在我眼前把這張紙撕碎。變成碎紙條的紙被風吹走，摻進了昨天的風雨中從路樹上吹下的黃色銀杏葉。

我又在記事本上寫下手機號碼，塞進少女包包的口袋。結果這張紙又被撕碎，四散紛飛。我還是學不乖，再度試圖讓她收下寫了手機號碼的紙張。

我們重複了八次，少女終於屈服。

「好好好，我收下就是了，拜託你趕快消失，跟你在一起我就覺得悶。」

「謝謝妳。不管是深夜還是大清早，不論是多麼小的事情，儘管找我就對了。」

少女的制服裙襬一揚，逃命似地快步離開。我也決定先回公寓一趟。回到了車上，在路上隨便找了間餐飲店停下吃完早餐，小心地駕駛回到了住處。

仔細想想，我已經好久沒有在外面度過日頭當空的時間了。路旁盛開的紅色秋櫻隨風搖曳；無數隻紅蜻蜓交錯飛舞的藍天，比我記憶中還要藍得多。

第3章　争取加分

我本來以為人在這種時候就算想睡也睡不著，但沖了個熱水澡，換好衣服躺到床上後，眼瞼立刻變得沉重，讓我昏睡了六個小時左右。

醒來之後，心情意外地不差，甚至還覺得這幾個月來每次醒來都會有的沉重感消失了。我起身查看手機，並沒有來電，看來少女似乎還不需要我。我再度躺下，仰望著天花板。

明明是開車撞到人的隔天，為什麼我的心情會這麼好？我的心情從昨晚沉重的後悔急轉直下，如今甚至覺得舒暢。我聽著水滴從集雨管一滴滴落下的聲響，茫然思索了一會兒，得出了一個結論。

我多半是擺脫了持續往下掉落的恐懼。在那些過得怠惰的日子裡，我受到一種像是自己在慢慢腐爛的感覺折磨。滿心都在害怕自己到底會掉到什麼地方，到底會變得多差。然而昨天的車禍，讓我一口氣就掉到了最底層。

實際掉到該掉落的地方後，就會發現從某種角度來看，這裡其實是個非常宜人的暗處，畢竟在這裡不需要擔心會繼續往下掉。比起無窮無盡往下摔的恐懼，摔在地上的疼痛至少比較具體，也比較容易忍受。

我再也沒有東西可以失去了。由於沒有能夠辜負的期待，也就不會失望。所以我樂得輕鬆，再也沒有什麼比早已馴服的心灰意冷更靠得住。

我走到陽台上抽了一根菸。五公尺外的電線桿上停著幾十隻烏鴉，有幾隻在四周飛來飛去，發出像是喉嚨哽住的叫聲。

香菸前端一公分處化為灰燼時，隔壁陽台傳來女生說話的聲音。

「晚安，家裡蹲同學。」

我往左一看，一名戴著眼鏡、留著鮑伯頭的女性，穿著睡衣對我輕輕揮手。

她是住在隔壁就讀藝術大學的女生。我不記得她叫什麼名字，這不是因為我跟她不熟，而是內向的人就是很不擅長用名字記住人。

「晚安，家裡蹲同學，」我也這麼回應：「妳今天起得還真早啊。」

「你那個，給我，」藝大生說：「你嘴上的那玩意。」

「這個？」我指了指自己嘴上的香菸。

「嗯，那個。」

我從陽台邊伸出手，把抽到一半的香菸遞過去。另一頭的陽台還是一樣擺滿了盆栽，弄得像是一片小森林。擺在左右兩端的小腳架發揮了花架的作用，正中央放著一張紅色的花園椅。這些草木似乎都得到了適切的照顧，和持有者不同，充滿生機。

「你昨天好像一整天都出門去了。」她把煙留在肺裡不呼出來，對我說：「明明是個家裡蹲同學。」

「很了不起吧？」我說：「對了……我正想找妳。記得妳有訂報紙，沒錯吧？」

「嗯，雖然我只看其中一版。這又怎麼了？」

「我想看今天的早報。」

「這樣啊。那你過來我這邊，」藝大生說：「我正好覺得差不多該找你了。我想找你談夜間散步的事。」

我繞到玄關，進了她的房間。這是我第二次進入她的房間，上次是進去陪她喝悶酒，不過我這輩子還是第一次看到有人住在那麼雜亂的空間裡。

我不會說那叫髒。東西算是經過一定的整理，只是房間的大小和物品的數量不搭調。她應該是那種不忍心丟掉東西的人，和除了最基本的家具以外什麼都不擺的我，正好是兩個極端。

今天藝大生的房間還是一樣沒整理，而且不但沒整理，東西甚至比以前更多了。她的房間還兼作畫室，所以牆邊偌大的書櫃上擠滿了畫集與寫真集等資料，還有大量的唱片。書櫃上則有一路堆到天花板的紙箱，不難預料一旦發生大地震，後果將慘不忍睹。另一邊牆上則貼著法國電影海報與三年前的月曆，角落掛著軟木板，上面用圖釘雜亂地釘著許多藝術照片。兩張桌子當中的一張放著大台電腦，桌前有削到一半的鉛筆與畫筆等繪畫用具；另一張桌上則很乾淨，只放著一台木製機殼的唱盤機。

我坐在陽台的椅子上，利用夕陽的光線，從頭到尾把早報上的每個字都看過一遍，但還是找不到和我引發的車禍有關的報導。藝大生也從我身旁湊過來看報紙，並說出她的感想：「我好久沒看報紙了，果然還是不怎麼有意思呢。」

「謝謝妳的報紙。」我把報紙還給她。

「不客氣。有你在找的報導嗎？」

「沒有，沒看到。」

「這樣啊，那真是遺憾。」

「不，正好相反，找不到反而放心。請問電視也可以借我看一下嗎？」

「你的房間連電視也沒有嗎？」藝大生感到傻眼後又說：「不過我也很少看，老實說我覺得用不著。」

她在床下找了找，拿出遙控器，打開了電視機的電源。

「當地新聞大概是幾點開始？」

「我想應該差不多了。可是，你明明是家裡蹲卻想看新聞，真是奇怪。你開始關心社會了嗎？」

「不是，是我殺了人。」我說：「所以我只想知道這件事有沒有上新聞。」

她直視著我，眨了眨眼睛。「怎麼回事？」

「我昨晚開車撞到了一個女生。車速很快，快得夠撞死人。」

「呃……你不是在開玩笑吧？」

「對。」我點點頭。或許是因為對方和我屬於同類型的人，讓我有種安心感，覺得什麼話都可以告訴她，於是我說：「而且我撞到她的時候，還喝威士忌喝得爛醉，完全沒有辯解的餘地。」

她朝手上的報紙瞥了一眼。「如果你說的是真的，沒上新聞的確是說不過去啊。屍體還沒被人發現嗎？」

「事情有點複雜。我大概還有九天左右的緩刑期間，在這段期間內，我的罪行絕對不會曝光。看到報紙後，我更確信這一點。」

「嗯～我是不太清楚啦。」她雙手環胸說道：「但你有空跟我閒聊嗎？不是有些事情應該趁現在趕快做一做嗎？像是湮滅證據，還是逃走之類的？」

「妳說得沒錯，我有該做的事。可是，這不是我一個人就能解決的問題，我必須等待聯絡。」

「……這樣啊。雖然我還有很多疑問，不過說穿了就是你是重刑犯，對吧？」

「是的，不管事情怎麼演變都是如此。」

我這麼一回答，藝大生當場表情一亮。她雙手抓住我的肩膀，以極度愉快似的表情搖晃著我。

「跟你說喔，現在我高興得不得了，」她說：「我覺得整個人充滿了活力。」

「妳在幸災樂禍嗎？」我發出苦笑。

「嗯。能夠知道你是個無可救藥的人渣，我真的好高興。」

看到藝大生根本不考慮我的心情，不，是考慮到了我的心情卻還放聲大笑，讓我有那麼一點得到解脫的感覺。與其招來莫名其妙的同情或擔心，這種反應反而讓我舒暢許多。因為不管怎麼說，她現在就是對我懷抱著暢快的情感。

「你從家裡蹲同學升格成殺人凶手同學了。」

「不是降格嗎？」

「在我心中是升格喔……欸，今晚我們也去夜間散步吧，把你寶貴的緩刑期間白白浪費掉，這樣很棒吧？只要跟你在一起，我就會覺得很放鬆。」

「好啊，這是我的榮幸。」

「太棒了。要不要來乾杯？」她指了指放在書架前的酒瓶說道：「你應該也有很多想忘記，或是不想去想的事情吧？」

「酒就免了。因為一旦收到聯絡，我就得馬上開車過去。」

「這樣啊。那麼，不好意思要麻煩殺人凶手同學用水將就一下囉。因為這裡只有水跟酒而已啊。」

看著她把冰塊放進玻璃杯，倒進威士忌，讓我總覺得有些懷念。我一瞬間產生一種錯覺，以為自己身在圖畫故事書或繪畫當中。

「不好意思，還是給我一杯好了，可以嗎？」

「我從一開始就這麼打算了。」她俐落地將威士忌倒進另一個玻璃杯後說道：「那麼，乾杯。」

「乾杯。」

玻璃杯的杯緣互撞，發出清脆的聲響。

「我啊，還是第一次和殺人凶手喝酒呢。」她一邊把檸檬汁擠進玻璃杯，一邊這麼說道。

「這種機會很寶貴，妳要好好珍惜。」

「我會的。」

她說完開心地瞇起了眼睛。

我和住在隔壁這位家裡蹲的藝大生會熟識起來，是在我也像她一樣關在房間裡以後的事了。

那一天，我躺在床上聽音樂。也不管會吵到鄰居，就大聲地放音樂放個不停，結果就有人用力敲了幾下門。會是來傳教的嗎？還是來推銷訂報？我決定先不予理會，但不管等了多久，敲門聲就是不停。我不耐煩地起來，挑釁似地調高喇叭的音量，結果門就被人用力打開，似乎是我忘了上鎖。

這個擅自闖進我房間、戴著眼鏡的女生，有著一張讓我覺得有點眼熟的臉孔，多半是隔壁房間的住戶。相信她應該是來抱怨噪音的。正當我準備好，想著不知道她會罵出什麼話時，她竟按停了我枕邊的CD播放器，並拿出裡面的光碟，放進另一張CD後，就二話不說地回自己的房間去。

看樣子她想抱怨的不是音量，而是音樂類型。我看也不看裡面放的是什麼CD，直接按下播放鈕，就聽到一陣像柳橙汁一樣清爽又甜膩的吉他流行音樂，讓我有點失望。我還以為她要推薦多高尚的音樂，沒想到品味還挺糟的。

我和藝大生認識的經過就差不多是這樣。雖然我是又過了一陣子，才知道她是藝術大學的學生。

我和她都討厭外出，卻有著頻繁去陽台的習慣。儘管她是為了替盆栽澆水，我則是為了抽菸，但隨著我們一次次碰面，也跟著不斷縮短距離。

陽台之間沒有任何遮蔽物，所以我看到藝大生時，都會在不顯得厚臉皮的程度內點頭致意。而對方每次看到我打招呼，儘管會露出提防的眼神，但還是會有所回應。

事情發生在夏天快要結束的時候。這天藝大生也來到陽台上替盆栽澆水，我則靠在左側的欄杆上對她說：

「真虧妳一個人有辦法栽種那麼多植物啊。」

「這沒什麼。」她以我勉強聽得見的音量回答：「並不困難。」

「可以問妳一個問題嗎？」

她始終注視著植物，回答說：「可以啊，雖然我不知道回不回答得出來。」

「我不是要查問妳，不過妳至少在這一週內，一次也不曾走出房間吧？」

「……假設是好了，那又怎麼樣？」

「沒怎樣。我只是覺得如果是，就太令人高興了。」

「為什麼？」

「因為我也是這樣。」

我撿起掉在腳下的菸蒂，點著後吸了一口。

藝大生瞪大眼睛，慢慢轉頭看向我。

「這樣啊，說得也是。你之所以知道我沒走出房間，是因為你也沒走出房間嗎？」

「是啊。外面很可怕，是因為夏天嗎？」

「怎麼說？」

「我若是走在大太陽下，心情就會悲慘得兩、三天都振作不起來。不，也不知道是愧疚，還是覺得慚愧……」

「哼～」藝大生用中指把眼鏡橫梁往上一推說道：「最近都沒有看到你朋友，他怎麼啦？就是看起來像有毒癮的那位。不久前他幾乎會每天來報到。」

她指的多半就是進藤吧。他的確有些日子眼睛會對不到焦，再不然就是始終露出令人不舒服的笑容，確實像個有毒癮的人。不過聽到她以正經的表情這麼一說，就是有種奇妙的趣味在。

我忍著笑回答：「妳指的是進藤吧。他死了，就在兩個月前。」

「死了？」

「是自殺。多半是。他騎機車摔下懸崖死了。」

「……這樣啊，我問了不該問的問題。」

藝大生以有點破音的嗓音道歉。

「不要緊，這是開心的話題。就只是在說一個男人實現了夢想。」

「……原來如此。也是啦，說不定也有人是這樣。」她以欽佩的表情說：「那麼，你是因為好友死了，所以悲傷得走不出家門？」

「我很想說事情沒這麼單純，」我搔了搔臉頰說：「不過說不定就是如妳所說。我自己也不太清楚。」

「好可憐。」她的口氣像是七歲的姊姊在安慰五歲的弟弟，然後說道：「你這一個月來一口氣瘦了不少，也是因為這樣嗎？」

「我瘦了很多嗎？」

「嗯，要說是變了個人都不為過。你頭髮留得太長，而且落腮鬍也很誇張，整個人瘦了一圈，眼窩都凹陷了。」

說來也是理所當然。從我足不出戶以來，除了下酒菜以外幾乎什麼都沒吃，甚至有幾天根本沒碰任何固體食物。多半也是因為走路的機會變少，不經意地看到自己的腳，就發現雙腳變得像是臥病在床的病患一樣細瘦。我許久沒有和人說話，都不知道自己變得這麼菸酒嗓，聽起來簡直不像是自己的聲音。

「而且皮膚又白，就像整整一個月沒吸血的吸血鬼。」

「晚點我會照照鏡子。」我摸著眼窩說道。

「說不定鏡子裡一個人也沒有。」

「因為我是吸血鬼囉。」

「就是這麼回事。」

她的表情像是在說，謝謝你順著我的玩笑話講下去。

「對了，妳又是怎麼樣？為什麼無法出門？」

藝大生把澆水壺放到腳邊，從陽台右側探出上半身面向我。

「這件事我保留一陣子再說。先別說這些了，我想到了一個還不錯的點子。」她露出可親的笑容。

「那太好了。」我回答。

當天晚上，我們為了實踐她想到的點子，穿上我們最漂亮的衣服，走出公寓。我穿著西裝外套與經過一次水洗的牛仔褲，藝大生穿著海軍藍的繭型洋裝與涼鞋，眼鏡也換成隱形眼鏡，頭髮則細心地綁好。這種打扮顯然不適合在夜路上徘徊。

以往我們也曾有過要買東西或去銀行辦事等不得不外出的機會，但是每次像這樣硬被拖到外面，我心中對外界的恐懼都更加惡化。而她的論調就是認為，正因為心不甘情不願地被動外出，才會因此討厭外出。

「我認為首先就要積極走出去，讓自己學到『外面是好玩的地方』這件事。」藝大生說：「『所有不適應的情形，都是來自過去的錯誤學習。去除或修正這些錯誤的學習，就能夠適應。』」

「這話是從哪裡引用來的？」

「記得漢斯・艾森克（註7）好像說過類似的話。這種想法不是很美妙嗎？」

「的確，比起說什麼精神創傷、溫暖互動啦，這種劃分清楚的想法還比較有說服力。可是，講究服裝的理由是什麼？又不是要穿給誰看。」

藝大生提起洋裝的裙襬輕輕擺動，說道：「這樣穿會讓人打起精神，不是嗎？雖然也就只是這樣，但我認為這對現在的我們來說非常重要。」

於是，我們就以這種像是要去參加宴會的打扮，漫無目的地在夜晚的街上散步。最近儘管白天的殘暑仍然酷熱，但是到了晚上就會吹起頗有秋意的涼風。湧向路燈的昆蟲減少，相對地，路燈下則散落著許多昆蟲的屍體。

藝大生輕巧地避開昆蟲屍體，站到路燈下。偌大的飛蛾在她頭上飛來飛去。

她歪了歪頭問說：

「我漂亮嗎？」

或許是許久沒接觸到外界的空氣，她的情緒才會如此高昂。她就像迎接生日的孩子一樣開心嬉鬧。

註7：漢斯．艾森克（Hans Jürgen Eysenck，1916-1997）德籍英國心理學家。研究範圍廣泛，最廣為人知的是有關智力和人格的研究。

「很漂亮。」我回答。

我認為她真的很漂亮。我能夠理解人看到這種光景會說「很美」的心情，所以我決定先回答「漂亮」再說。

「太好了。」

藝大生天真地笑逐顏開。

垂死的油蟬在柏油路上拍動翅膀。

這天我們以附近一個無人車站做為終點。這個悄悄融入住宅區的車站，到處都布滿了蜘蛛網。

我在月台邊緣坐下點起一根菸，看著以搖搖晃晃的步伐走在鐵軌上的藝大生。鐵軌旁邊的柵欄上有一隻很大的貓靜靜佇立在那，彷彿在監視我們。

我們夜間散步的日子就這麼開始了。以後每逢週三夜晚，我們就會盛裝打扮出門。漸漸地，我們恢復到只要是太陽下山的時間，就算只有自己一個人也敢出門。她的點子乍看之下有點奇怪，但看來意外地有效。

我似乎不知不覺間打起了瞌睡。手機的來電鈴聲讓我醒了過來，趕緊整理一下混亂的腦袋。我和藝大生喝酒，一如往常地去夜間散步，回來沖了個澡，到這裡我還記得。我大概是沖完澡後就不小心睡著了吧。

時鐘指著晚上十一點。我拿起手機打開，是從公共電話打來的，肯定是我開車撞到的少女打來的電話。

「所以妳終於肯不撕碎最後那張紙，好好留下來啦？」

我朝通話孔這麼說。沉默持續了十秒鐘左右，但這想必是她表現矜持的方法。她就是極力不想表現出欲依靠我的樣子。

「既然妳會打這個號碼，也就是有事情想要我做吧？」我問。

這時少女終於開口：

『我就給你加分的機會吧……你到昨天那個公車站牌來。』

「了解。」我立刻答應：「我現在就過去，還有別的事嗎？」

『我沒有時間說明，你先過來再說。』

我抓起單領騎士皮夾克與錢包，連門也不鎖就走出了公寓。一路上大約有十個紅綠燈，但每一個都是我一接近就變成綠燈，讓我遠比預料中更早抵達目的地。

在完成了一整天職責的公車站牌旁，一名身穿制服的少女將下巴埋進胭脂色的圍巾裡，喝著罐裝奶茶仰望夜空。我也跟著朝天空一看，看到一輪大大的明月從雲層間露出臉來。月亮上清晰的影子，看起來不太像是擣藥的月兔，比較像是老年人年輕時日曬過多而產生的斑點。

「久等了。」

我從駕駛座走出來，繞到另一邊打開副駕駛座的門。但少女不理會我，特意坐進後座，把書包一扔，慵懶地關上車門。

「我該去哪裡？」我問。

「你住的地方。」少女一邊脫掉制服外套、鬆開領結，一邊回答我：「我想暫時在你那裡過夜。」

「這不成問題。只是，可以告訴我理由嗎？」

「不是什麼大不了的事。我打了我爸爸，所以無法在家裡待下去了。」

「你們吵架了嗎？」

「不是，是我單方面打他……你看看這個。」

少女邊說邊捲起了襯衫袖子。

她纖細的手臂上，有著許多細小的黑色瘀傷。如果這是燙傷造成，從傷痕的狀況來看，應該至少過了一年。八處黑點排列得非常整齊，看得出來是人為造成的傷痕。

說到這個，車禍之後，少女為了跟我解釋而將手掌上傷痕的「延後」解除，還說：「如果你不相信，要不要再讓你看一看別的例子？」隨後就捲起袖子。當時她露出的手臂上應該還沒有這些傷痕，至少在那個時間點上，她仍維持將手上的燙傷「延後」的狀態。而從她和我分開到重逢的這段時間裡，發生了某件事情使她解除了「延後」。

「這是以前我爸爸用香菸在我身上燙出來的傷痕，」她解釋道：「背上也有。你要看嗎？」

「不，用不著。」我揮揮手表示不用。「所以……妳為了報復，打了妳爸爸後就離家出走了嗎？」

「是啊。我用束線帶綁住他的雙手，再用鐵鎚敲了五十下左右。」

少女若無其事地說道。

「鐵鎚？」我複誦了一次。

「就是這個。」

少女從書包拿出雙頭鐵鎚，是國小美勞課時用來敲釘子的那種小鐵鎚。這把鐵鎚似乎很舊，鎚頭生了鏽，握柄也泛黑了。

少女看到我動搖，得意地露出微笑。

諷刺的是，這是少女第一次露出她這個年紀該有的天真笑容。

就像是恢復了少女部分的本性。

「報仇這種事情真棒，感覺很暢快。好了，接下來該對誰報仇呢？反正我已經沒有東西可以失去了……對了對了，你當然也要幫忙，殺人兇手先生。」

少女說完便在後座躺下，開始發出小小的鼾聲，想必她的疲勞已經達到了極限。她肯定是對父親復仇後，什麼東西都沒拿就跑出來了。

我放慢車速，小心開車，以免弄醒少女。

我想到她之所以特意解除燙傷疤痕的「延後」，多半是為了賦予復仇一個正當的理由。少女不再對她父親施加的暴力視若無睹，開始接受她「取消」的傷痕與造成傷痕的原因，並換來了復仇的權利。「接下來該對誰報仇呢？」她是這麼說的。既然她有選擇的餘地，也就表示她要復仇的對象至少有兩個以上。

我心想，她度過的人生可真艱辛啊。

抵達公寓後，我先打開門，再回到車上，把少女抱到房裡。脫掉她的樂福鞋與襪子，讓她躺到床上，幫她蓋上毯子後，少女就含糊地唔了幾聲，將毛毯拉到嘴邊。

然後，我聽見了兩、三次吸鼻子的聲音。

看來她在哭。

我心想，她一下子笑一下子哭，還真是忙啊。不知道她是為了什麼而悲傷？是為了自己來日無多而嘆息？還是後悔傷害了父親？或是想起了遭受虐待的過去嗎？可能性多到猜不完。

又或者，說不定連她自己也不知道哭泣的理由。相信現在有各式各樣的情感在她心中翻騰，明明應該開心卻覺得寂寞，明明應該難過卻覺得高興。

我躺到沙發上，看著天花板發呆，等待早晨的來臨。當她下次醒來時，我該說什麼、又該做什麼呢？我漫無邊際地想著這些事情。

於是，復仇的日子就這麼開始了。

第4章　懦弱的殺人魔

少女似乎是被咖啡的氣味弄醒的。看到厚片的蜂蜜吐司、切半的半熟蛋與現成的三明治排在桌上，她就睡眼惺忪地來到座位上，花時間慢慢吃完。期間她的視線一次都不曾轉過來和我對看。

「接下來要怎麼做？」我問。

她把手掌上的傷痕秀給我看。

「接下來我打算去報復這個傷痕。」

「從妳的口氣聽來，手掌上的傷應該不是妳爸爸弄的吧？」

「是啊。那個人基本上對暴力很小心，很少會傷到衣服遮不住的部位。」

「除了妳爸爸以外，妳要報復的對象大概有幾個人？」

「我篩選到五個人，都是在我身上留下了永久疤痕的人。」

這麼說來，她「延後」的傷口是不是還有五處？不對，一個人未必只造成一處傷痕，應該當成至少還有五處。

這時我想到了一個事實。

「我該不會也包含在這五個復仇對象當中吧？」

「那還用說嗎？」少女若無其事地說道：「等對其他四個人報仇完，我也會要你付出代價。」

「……也是啦，這也沒辦法。」

我說得達觀，表情卻很僵硬。

「不過你大可放心。無論你的下場多慘，一旦車禍的『延後』——也就是我死亡事實的『延後』——解除，所有由我引發的事情都會『取消』。」

「這個部分我搞不太清楚。」我問了先前就一直覺得有疑問的地方。「比方說，妳用鐵鎚痛毆妳爸爸的事實，也會在我引發的車禍的『延後』解除之後，就『取消』掉嗎？」

「當然。我原本在還沒展開復仇之前，就被你開車撞死了。」

然後，少女說起她第一次「延後」時的情形，以及關於灰毛貓的往事。她發現自己疼愛的貓變成屍體，結果當天晚上再去查看一次，卻發現屍體與血跡竟都消失得無影無蹤。後來又被這隻貓抓傷而發高燒，病與傷卻突然痊癒，因而產生兩種記憶相互矛盾的情形。

「也就是說，就妳痛毆妳爸爸這件事來說，妳就相當於『貓』，而鐵鎚就相當於『爪子』嗎？」

「我想這樣解釋應該沒有錯。」

簡而言之，無論這名少女接下來對別人造成多大的危害，一旦車禍「延後」的效力消失，一切都將恢復原狀。

「這樣的復仇有意義嗎？」我問了個單純的疑問。「到頭來一切都會恢復原狀，不是嗎？就在十天之內……不，是九天之內。」

「舉例來說，當你在夢裡察覺到『我在作夢』時，」少女說：「你會因為『在這裡做什麼都不會影響到現實』就什麼都不做嗎？你不會反而覺得『反正對現實都沒有影響，不如乾脆愛怎麼做就怎麼做』嗎？」

「我不知道，因為我沒作過這種夢。」我搖了搖頭說：「我會這麼說是在為妳著想，就算那些害妳不幸的人變得不幸，妳失去的幸福也不會回來。我不是輕忽妳抱持的憤怒和怨恨，只是覺得復仇這種事情沒有意義啊。」

「**為妳著想？**」少女加重語氣強調每一個字，複誦出我的這句話。「那你說說看除了復仇以外，還有什麼事情是為我好？」

「像是去和每一個要好的、照顧過妳的人問候，找喜歡的男生或是喜歡過的男生表白之類的，應該有很多事情可以做吧？」

「沒有。」少女口氣尖銳地說道：「我沒有要好的人、沒有照顧我的人，也沒有喜歡的男生或喜歡過的男生。你的發言對我來說是最完美的諷刺。」

妳只是被憤怒沖昏頭而看不清四周吧？仔細想想應該總會找出一、兩個比較要好的對象——我很想對她這麼說，卻又無法完全捨棄她所說的話百分之百屬實的可能性，所以我把這些話吞了下去。

「是我不好，我的發言太欠缺考量了。」我道歉。

「是啊，請你小心一點。」

「……那麼，下一個復仇對象是？」

「是我姊姊。」

父親之後是姊姊啊？這麼說來，接下來會是母親嗎？

「看來妳家住起來不太舒適啊。」

少女回了我一句「多管閒事」。

直到我伸手碰到門把的那一瞬間，我還以為自己的病已經完全治好了。但就在我穿上鞋子想要外出的瞬間，卻湧起一股彷彿有東西從全身被抽出去的感覺，使我停下了動作。要是看在不知情的人眼裡，也許會誤以為門把上通了電。

我站在原地不動。心悸加劇，胸口產生一種伴隨壓迫感而來的疼痛，尤其心窩附近和手腳關節甚至發麻而使不上力。我就這麼等了一陣子，但仍沒有恢復的跡象。我心想，老毛病又犯了。還以為車禍造成的震撼讓我完全治好了，但看樣子我還是未能拭去對外界的恐懼。

少女看到我就像電池用光似地停住，皺起眉頭問說：「你在胡鬧什麼？」看在旁人眼裡大概會覺得我在玩吧。漸漸地我開始有種被人在下腹部塞了石頭般的感覺，越來越想吐，冷汗也從腋下往下流。

「不好意思，可以給我一點時間嗎？」

「你該不會是身體不舒服吧？」

「不，我是害怕出門。我過著將近半年只在深夜出門的日子。」

「前天你明明去了那麼遠的地方耶？」

「是啊。也許就是因為這樣吧。」

「車禍剛發生的時候也是一樣，你的內心真的好軟弱。」少女以拿我沒轍的表情說：「隨便怎樣都好，請你趕快恢復。要是等二十分鐘還不行，我就要丟下你不管。就算只有我一個人，計畫還是可以執行。」

「我明白，馬上就會好了。」

我坐到床上，就這麼往後一躺，心悸與麻痺都尚未平息。我靜靜躺著不動，就從床單上聞到些許不屬於我的氣味。大概是因為之前少女睡過吧，有種自己的領域遭到侵犯的感覺。

就算只隔一層牆壁也好，我想獨處一下，於是我把自己關進陰暗的廁所，坐在馬桶座上，用雙手遮住臉。深深吸進一口滿是芳香劑氣味的空氣後停止呼吸，維持幾秒鐘後呼了出來，我重複做著這樣的動作。在反覆呼吸之下，我的心情緩和了些，但要恢復到能夠外出，似乎還得花上不少時間。

我走出廁所，從衣櫃的抽屜中拿出上翻式的圓形鏡框太陽眼鏡。自從進藤胡鬧著買下後，就一直放在我這裡。不管是誰戴上這樣的眼鏡，都會馬上變成一副滑稽可笑的嬉皮模樣。

我擦掉鏡片上的髒汙戴了上去，站到鏡子前。鏡子照出的滑稽模樣超出我的想像，感覺自己的肩膀放鬆了下來。

「你戴這品味超差的眼鏡是怎樣？」少女說：「跟你不搭得要命。」

「就是這樣才好。」我說著，然後笑了笑。只要戴上這副眼鏡，就能自然而然地笑出來。雖然想吐的感覺仍然存在，但相信遲早會消退吧。「讓妳久等了。好了，我們走吧。」

我以強得多餘的力道用力打開門，下了樓梯，坐上菸味揮之不去的輕型車，轉動鑰匙。少女為了指路而坐上副駕駛座，在膝上翻開一份B5尺寸的地圖冊。地圖上以紅筆寫下密密麻麻的註解與路徑。

「看妳準備得這麼充分，好像從很久以前就計劃要復仇了啊。」

少女的目光仍然凝視著地圖，回答說：「因為我就只懷著這個念頭活到今天。」

早晨的道路很擁擠。馬路上擠滿了通勤車輛，人行道則被剛走出車站的通學高中生塞滿。每個人都為了因應下雨天，拎著形形色色的雨傘。

我在紅燈前停車，就有幾個走過行人穿越道的學生朝我們瞥了一眼，讓我很不自在。不知道我看在他們眼裡是什麼模樣？但願看起來像是要去大學路上，順便載妹妹去上高中的哥哥。

少女像是要躲避他們的視線似地靠在椅背上，壓低姿勢。

若是朝駕駛座這邊的車窗往外一看，一間小小的花店店面前，圍繞著五顏六色的花朵，還掛上了四個鑿穿南瓜製成的傑克燈籠做為裝飾。每個南瓜頭都插著盛開的暖色系花朵，發揮了花盆的作用。這時我才想起十月底就是萬聖節了。在這時節裡，附近的高中都差不多要辦校慶了，對很多人而言，這時應該是令人雀躍的季節。

「我忽然想到，」我說：「妳可以保證妳姊姊在家嗎？妳把妳爸爸打到受了重傷，他不可能都沒有聯絡妳姊姊。妳姊姊應該很清楚妳恨她，會不會已經跑去其他地方避風頭了？」

副駕駛座上的少女沒勁地回答：「我想爸爸應該沒聯絡她，因為那個人已經被趕出家門，就算想聯絡，也是連電話號碼都不知道。」

「原來如此。」我點了點頭後說：「離目的地大概還有多遠？」

「三個小時左右。」

看來這趟兜風會很漫長。廣播節目每個都很無聊，前座置物箱裡只有一些可能比較符合高中女生喜好的ＣＤ。

『……被最近的低溫嚇到的，應該不只我一個人吧。』廣播節目主持人說：『今年怎麼會冷成這樣呢？今天早上我看到有人穿著寒冬用的大衣，老實說氣候真的就是冷到即使這樣穿也很剛好。說起來我也是比較怕冷的類型，所以圍巾、手套之類的禦寒配件就不用說了，我還穿了兩層衛生衣呢。各位聽眾一定覺得哪有這麼誇張吧？可是意外的是……』

我們被困在通勤的塞車車陣中，我問少女可不可以抽菸。

「可以，但也給我一根。」她說。

我沒有理由阻止。對自己殺死的人大談健康的重要，簡直愚不可及。

「小心別被外面的人看到。」

我先叮嚀一聲，然後抽出一根菸，輕輕揉了揉菸草部分再遞給她。

穿著高中制服的女生在車上抽菸的模樣，會顯得極不自然。少女以生疏的動作，用點菸器點火，吸了一口後劇烈咳嗽。

「每隔一段時間，吸進一小匙左右的煙就好了。」我提出了建議。「我想一開始這樣抽，味道會比較好。」

她換成我說的方法做，但吸了之後仍然嗆到。

我本來想提出忠告說抽菸可能不適合她，但看到少女學不乖地一再挑戰，也就決定隨她去了。

「如果妳不想回答，就不用回答。」我先這樣開頭，然後才說：「妳姊姊對妳做了什麼？」

「我不想回答。」

「這樣啊。」

少女將菸蒂丟進菸灰缸。「三言兩語無法說清楚，」她說：「總之有幾個人把我逼到無法恢復的地步，她就是其中一人。現在先記住這點就好。」

「妳說的無法恢復是什麼意思？」

「就是人格已經有改不回來的缺陷，這樣應該聽得懂吧？」

「不懂。在我看來，妳還在正常的範圍內。」

「這麼快就想爭取加分啦？想討好我也沒用。」

「我沒這個打算。」

我話雖是這麼說，但確實有著期望說出這句話後能讓她高興的盤算。

「你說正常的範圍是嗎？那我就讓你看一個出界的例子吧。」

少女的手伸進書包。

她拿出的是一個小熊布偶。

一個穿著紅色軍裝與黑色帽子、看似摸起來很舒服的布偶。

「我都老大不小了，還離不開布偶。我一定要時不時摸到它，不然就會異常不安……怎麼樣？聽了有沒有打冷顫？」

她用撂狠話的口氣說道，看樣子她對於這種情形非常介意。

「這不就是奈勒斯的毯子（註8）嗎？這種情形很常見，沒什麼可恥的。」我這麼打圓場。「我以前認識的朋友裡，就有個傢伙還會幫玩偶取名字，跟它說話，那才噁心咧。跟那種程度相比，只不過摸一摸……」

「不好意思喔，我就是這麼噁心。」

少女瞪了我一眼，把布偶收進書包。我心想自己哪壺不開提哪壺，但也後悔莫及了。看樣子我用了最有效率的方式，貶損她的價值觀。可是，又有誰能夠想像這種眼神冰冷的女生，會幫布偶取名字呢？

一陣尷尬的沉默。

『……那麼今天來信的主題是「覺得活著真好的瞬間」。』廣播節目主持人說：

『首先是筆名「兩個孩子的媽」讀者的來信。「我八歲和六歲的兩個女兒，感情好到連我這個做媽媽的都嚇一跳。今年的母親節，她們竟然瞞著我準備禮物……」』

少女搶在我前面，手伸到車用的收音機上，將廣播的音量調小。

這個話題對現在的我們來說實在太耀眼了。

穿出塞車車陣中，在有著火紅楓葉的蜿蜒山路上開了兩個小時的快車後，進入了少女說的她姊姊居住的市鎮。我們在漢堡店簡單吃了點東西，又開了幾十分鐘的車，終於抵達要去的住宅。

這是一棟整齊乾淨的住宅。紅磚圍牆內有著修整過的庭院，盛開著四季都會綻放的玫瑰花，角落的石板地上則立著附頂篷的鞦韆。房屋牆壁漆上一片幾乎與天空融合的藍色，二樓的三扇拱形窗則是白色的款式。

一看就覺得很幸福的住宅。少女說她姊姊就在這裡過著新婚生活。

註8：史努比漫畫《花生》當中的角色奈勒斯，一個總是毯子不離身的男孩，現轉而指人對物品執著的狀態。

我心想，這裡和我老家簡直是天差地遠。

我以前住的房子雖然絕非是省錢蓋出來的，但就是彷彿會傳達出住戶心中的荒廢。外牆爬滿了藤蔓，地面散亂地擺放不再使用的三輪車、溜冰鞋、嬰兒車與汽油桶之類的東西。難得有著如此寬廣的庭院，卻像廢棄的空地一樣雜草叢生，淪為一群醜陋貓咪的集會所。

我剛出生不久時，說不定那個家庭還算幸福。但不管怎麼說，等到我懂事後，雙親就已經成了不關心家庭的人。就連唯一的小孩，對他們而言似乎也成了沉重的負擔。我一直滿心疑問，搞不懂為什麼這樣的兩個人會想成立家庭。母親離家時，我反而覺得放心，因為這樣對他們而言多半才是自然的狀態。

「這個家真不錯啊。」我說。

「你在門外待命。我想十之八九用不著你幫忙，但請你準備好隨時開車。」

少女脫掉外套交給我，穿過庭院的拱門走到玄關，搖響掛在牆上的鈴。

清脆的金屬聲迴響在四周。

木造的門緩緩打開。走出來的是一名二十五歲上下的女子。

我躲在樹後觀察她。她穿著深灰色的套頭毛衣與灰色的長褲，染成巧克力色的頭髮髮尾燙得捲翹。眼神十分理智，從開門到露臉的一連串舉止也很優雅。

我心想，她就是少女的姊姊嗎？臉孔結構的確有些地方相似，例如顏色較淡的瞳孔與較薄的嘴唇等等。但以姊妹而言，她們的年紀未免差太多了，最重要的是，我怎麼看都不覺得她是個會用刀刺傷妹妹手掌的人。

我聽不見她們的談話，但看來至少不是在爭吵。我把背靠在門上，翻翻口袋想找菸，但似乎是忘在車上了。

不過話說回來，少女到底打算用什麼方法來復仇呢？從她在快抵達時頻頻查看書包的情形看來，肯定暗藏了某種凶器。她是用鐵鎚毆打她父親，不知道她對自己的姊姊是不是也打算做一樣的事？還是說，她準備了和鐵鎚不一樣的凶器呢？

我根本用不著猜測，這個疑問立刻就獲得了解決。

就在我停止抽菸，再度將目光移往玄關的同時。

少女朝姊姊的身上撲倒過去。

姊姊想也不想就伸手扶住妹妹，卻支撐不住而一起倒了下去。看起來是這樣。

但少女起身後，她姊姊卻始終沒有要起身的跡象。

然後她就這麼再也不曾站起來了。

我跑向少女的身旁。

質疑眼前見到的光景。

插在她姊姊腹部上的，是一把很大的裁縫剪刀。

張開的剪刀靜刃（註9）直插到底。

相信她的手法一定非常俐落，使姊姊連叫都叫不出聲來。

一灘鮮血慢慢地在玄關散開，沿著地板的溝槽流動。

目的達成得太輕而易舉。

這種輕易與寂靜，讓我想起了一個事件。

那是我國小四年級時發生的事。那天體育課上了三十分鐘就上完了，導師宣布剩下的時間用來打躲避球，學生們歡聲雷動。這種情形已經幾乎成了慣例。我不經意地走到體育館角落，混在旁觀的學生裡，離得遠遠地看著比賽。

當兩隊都有一半的人被球打到後，場外就有人開始閒得發慌。他們根本不管比賽的進展，各自愛怎麼玩就怎麼玩。有人在沒鋪軟墊的地板上做出一個漂亮的前空翻後，情況就此一發不可收拾，五、六個男生接連開始模仿。由於這比躲避球更有看頭，我的視線也追向蹦蹦跳跳的他們身上。

有一個人似乎著地失敗，撞到了頭，聲響大到連幾公尺外的我都聽得見。四周的那些人全停下了動作，撞到頭的那個人好一會兒都沒有起來。過了十秒鐘左右，他才開始按住頭連連喊痛。但他似乎只是為了掩飾難為情而故意大聲嚷嚷，情形並不嚴重。圍在四周的那些人也像是要揮開一瞬間在腦海掠過的不安，指著躺在地上的他大笑，還對他又拍又踹的。

有個男生不在這個圈子內，並以奇妙的姿勢躺在一旁，而最先注意到他的就是我。由於大家的注意力都集中在撞到頭的同學身上，根本沒有人看到這個運動神經特別差的同學折斷頸骨的那一瞬間。同學們一個個感覺到這個毫不動彈的男生散發出來的危險氣息，紛紛停下手邊的動作看向他。體育老師似乎也總算注意到事情不對勁，連忙跑向這個男生身邊，以鎮定得過火的態度，告訴我們這些學生說：「千萬不要碰他，不要移動他的身體。」然後以全力在走廊上飛奔。有人說做老師的怎麼可以帶頭在走廊上奔跑，但是沒有任何人回應。

那個男生再也沒有回到學校。即使聽到脊髓損傷這個說法，才國小四年級的我們也

註9：裁縫剪刀以拇指握持的刀刃為動刃，其餘手指握持的則為靜刃。

只覺得「大概就和阿基里斯腱斷裂差不多吧」。但導師為了讓我們了解到事態有多嚴重，將他的狀態解釋為「一輩子都得在輪椅上過活」（現在回想起來，這個說法極為委婉。畢竟當時那個男生已經全身麻痺，得靠呼吸器維持生命了）。然後就有幾個女生開始哭，說他這樣好可憐，要是有好好提醒他們不要那樣玩就好了。接著又有幾個人受到責任感的驅使而開始哭泣，接連有人說出「我們去探望他吧」、「大家幫他折紙鶴吧」等等的提議。如此善意與自私交錯的教室，讓我覺得渾身不舒服。

下個月，導師在班會上告知他死亡的消息。

那個時候以怪異的姿勢躺在滿是刮痕的體育館地板上的那個男生，和現在倒在少女眼前的女子身影，重疊在一起。

有時生命就是會像被風吹走似地輕易消失。

少女握住剪刀的握環，做了一次深呼吸後，再把傷口剪得更開，顯現出一種明確的殺意。女子發出動物似的哀號，躺下的身體頻頻痙攣。看來這一刀傷到了腹部的大動脈，傷口噴出鮮血，還濺到距離兩公尺外的我腳下。

少女轉過身來，只見她白色的襯衫已被濃稠的血液染成深紅色。

「……妳可沒告訴我會做到這個地步啊。」

我好不容易才擠出這句話。

我自認裝得平靜，嗓音卻沒出息地顫抖。

「是啊。不過我也不記得自己有說過不殺她。」

少女擦掉臉頰上沾到的血，當場坐了下來。

我摘掉太陽眼鏡，低頭看著少女的姊姊。她的表情顯得十分難受，扭曲得令人擔心會不會就這麼扭得不成人樣，還頻頻從喉嚨發出笛子般的聲響，以及混著血糊的咳嗽聲。套頭毛衣染成了紅黑色，幾乎讓人看不出原來的顏色。

現場飄著一股不同於單純的血腥味，而是像由廚餘濃縮而成，又或者像是倒滿了整個浴缸的嘔吐物形成的獨特惡臭，讓我連一口氣都喘不過來。也不知道是內臟本身散發的臭味，還是消化器官受創的臭味，總之就是一股只要聞過一次就難以忘記的強烈死亡氣味。

我的胃猛一顫動，為了忍住嘔吐而調整呼吸。

我放寬視野，玄關已經化為一片血海。如果這是電視劇上的其中一幕，這樣的血量多到令人不得不說這樣的演出太超過了。我深深體認到人這種生物，終究只是裝滿了血液的袋子。明知看了也只會讓自己更不舒服，但我仍然盯著裂開的腹部附近。血比我想像中更黑，外露的腸子顏色亮麗得幾乎顯得突兀，顏色極為接近鞋櫃上的花瓶中展露出來的天竺葵。這幅景象讓我想起開在早晨的鄉間道路時一定會看到的動物屍體。無論外表多美或多醜，是人還是動物，只要剝掉一層皮，全都差不了多少。

我以冷靜得自己都覺得意外的腦子想著：真的就是這樣啊，死亡本來就是一種這樣的東西。我對少女做出的事情，就和此時此地發生的慘劇沒有任何差別。雖然因為「延後」而缺少切身的感受，但我也同樣將一個女生化為一個包裹著布的肉塊。死狀也許比眼前的屍體還更淒慘。

我為了躲開流向腳下的血液而退開一步後，說道：

「吶，我是為了贖罪，贖開車撞死妳的罪，才陪妳達成目的……可是要為了這個而幫忙妳殺人，那就本末倒置了。我不想做這種以血洗血的事。」

「不想做就不用做啊，我不記得有強迫過你。」少女說：「而且等到『延後』的期限結束，我的行動都會被取消。無論現在的我怎麼掙扎，**都只能暫時讓別人死亡**。那不就表示不管我做什麼事情都沒關係嗎？」

就是這麼回事。這名少女是已死之人。從車禍發生的十月二十七日以後，無論少女想採取什麼樣的行動，她本來就不存在於這段期間內。不存在的少女殺不了人。無論十月二十七日以後少女殺了幾個人，一旦「延後」解除，這些事情都將不算數。就像被宣布逐出比賽的選手不能一直賴在球場上一樣，無論得到多少分數、無論有過什麼樣的比賽過程，一旦比賽結束，輸了就是輸了。

我也開始覺得既然如此，她說得就沒有錯，的確是「做什麼都沒關係」。因為她的所作所為最後都會回歸成一無害處的自我滿足，和憑空想像的殺人沒有什麼兩樣。既然如此，至少讓她在死前為所欲為，又有什麼不好呢？不對，即使只是暫時性的，拿凶器刺人就是會流血，就是會產生痛楚，那麼殺人終究還是殺人，無論如何都是不該做的行為，不是嗎？

不過，現在不是為這些事情煩惱得沒完沒了的時候。現階段最優先處理的事情，就是要盡快遠離屍體。現在不是在這裡辯論的時候了。

「我們先離開這裡再說吧，被人看到這些血就糟糕了。」

少女點了點頭。我脫掉外套，披到少女纖細的肩上。只要把豎領的尼龍夾克拉鍊拉到胸口的高度，從遠處就看不出她身上沾滿了鮮血。這件衣服還挺貴的，但只要「延後」結束，一切就會恢復原狀，所以根本不必放在心上。

我從門口探出頭，確定大馬路上沒有人後，朝少女招了招手。

但她仍然坐在原地不動。

「喂，妳在悠哉什麼？快點。」

我跑向少女，抓住她的手想拉她起身。

結果少女就像斷了線的傀儡一樣當場癱軟在地。

「原來如此。也就是說，這就是所謂的『腳軟』狀態啊。」少女說得事不關己。

「這下子我可沒資格嘲笑先前的你了，真沒出息。」

少女只用上半身的力量坐起，看來她腰部以下都使不上力。她用雙手在地上慢慢地爬，模樣像是在海岸上擱淺的人魚。

她看起來若無其事，但其實似乎已經方寸大亂。

「妳暫時站不起來嗎？」

「是啊……看樣子帶你來是對的。好了，趕快把我抱回車上。」

少女以一點也不像是軟了腳只能用爬的人會有的高傲態度，朝我伸出雙手。

但她的手就像一絲不掛被人丟到寒冬之下的小孩一樣不停顫抖。

我抱起她纖細的身軀。她的體重比外表看起來重，但若真遇到緊要關頭，我還是能夠背著她奔跑。現在我的全身早已滿是冷汗了。

我先確定大馬路上沒有人，才把少女抱到副駕駛座上。接著再次查看，確定四周都沒有人影後，用力踩下油門。

我遵守時速限制，盡可能挑較少人通過的道路行進。握著方向盤的手早就已經被汗水弄濕。

看到我頻頻注意照後鏡，少女就說：「不用擔心，不會有事的。」

「如果因為剛才的事情被抓，我想我應該可以『取消』這件事。只要像這樣把討厭的事情全都延後就好了。」

我保持沉默不回話。

「你好像有話想說？」少女說。

「……真的有必要殺了她嗎？」我把要替自己加分這回事完全拋到了九霄雲外，問說：「我知道妳姊姊曾經對妳做出很過分的事，可是她有壞到需要殺了她嗎？只要在她的手掌上留下一樣的傷痕不行嗎？她對妳做了什麼？可以請妳給我一個能夠接受的理由嗎？」

「那我問你，只要有正當的理由，你就能夠接受殺人嗎？」少女一句接著一句說：「比方說，為了阻止我媽媽和姊姊吵架，卻被她們用菜刀刺傷，害我再也沒辦法彈曾經當成人生意義的鋼琴；或是每週姊姊都會帶一群傢伙來家裡，逼我一口氣灌下酒精濃度很高的烈酒，一旦忍不住吐出來，就會被他們用電擊棒一電再電；又或者是被喝醉酒的爸爸抓住頭髮用香菸燙傷，還一次又一次地對我說：『就是妳在礙事，趕快給我自殺。』或是在學校被一大群人逼喝髒水，來玩勒我脖子勒到我昏倒的遊戲，還有打著『解剖』的名號用刀把我的頭髮和衣服割得破破爛爛，綁住我的雙腳將我推進冬天混濁的游泳池裡……只要說出這樣的理由，你就願意對我的復仇給予一點肯定嗎？」

如果這些話不是在這個時間點上說出來，我多半很難相信。也許我會把這些話當成青春期的女生身上常見的滿口謊言，又或者是極度的誇飾。

然而，親眼目睹她殺人的我，卻能夠非常自然地接受這整段發言。

「……我撤回前言。對不起，看來我害妳想起了那些不愉快的事情。」我向她這麼道歉。

「我又沒說是我自己發生這些事。」

「的確。這只是在比喻。」

「真要說起來，我並不是想懲罰他們才復仇。他們帶給我的恐懼，只有透過除去他們在這世上的存在才能夠拭去。就像是一種詛咒，只要有這種詛咒，我就永遠不得安寧，也無法由衷去享受任何一件事。我是為了克服恐懼才復仇。我只是希望死前，哪怕只有一次也好，至少能夠在沒有他們的世界裡得到安眠。」

「總覺得我好像可以理解。」我點點頭後說：「順便問一下，妳也已經把妳爸爸殺了嗎？」

少女搖搖頭說：「誰知道呢？」她為了轉換心思而從前座置物箱裡抽出一根菸點火，吸了一口後連連咳嗽。

她說自己對父親復仇時用的是鐵鎚。這種工具一旦打到要害，輕而易舉就能殺人。我不記得是後腦杓還是頸部頂端，聽說即使是手無縛雞之力的女性，只要準確命中這個地方，就能輕易殺死成人男性。

「說到這，妳的腳軟好了嗎？」

「……要能走路還有困難。」少女皺起眉頭吐出煙霧。「照計畫我是打算直接去找下一個復仇對象，但我把自己弄成這樣，實在無計可施。雖然不想這樣，但我們還是回公寓去吧。」

我忽然注意到一件事，問道：「對於這些比較瑣碎的事情，妳沒辦法『延後』嗎？」

她閉上眼睛，像是在選擇遣詞用字。「如果是重大的傷勢或疾病，要延後應該也是辦得到。可是，要把放著不管也會好的症狀『延後』，就非常困難。祈求的強度太弱了。這種能力需要的是一種『怎麼可以容許這種事情發生』般的靈魂嘶吼。」

聽到這個解釋我就想通了。靈魂的嘶吼啊。

我花了不少時間才注意到，緊閉窗戶的車上瀰漫著一股血腥味，是少女身上被濺到的血發出的氣味。我打開車窗換氣，但這種像把生鏽的吉他弦拿去和腐爛的魚一起浸泡似的臭味，已經深深侵入車內，怎麼換氣都去不掉。她割開的是肚子，所以也許不只是血，還摻雜了脂肪、骨髓液與消化液等各種液體的氣味。

人的死，很臭。

「我好冷。」少女說。於是我放棄換氣，關緊車窗，打開了暖氣。

以在近距離目擊過凶殺現場的夜晚而言，星星實在太漂亮了。

所幸我們一路上並未遭到他人懷疑，順利回到了公寓。我快步登上滿是灰塵的樓梯，正要打開房間的門時，鑰匙卻一直插不進去。不巧就在這個時候，聽見有人走上樓梯的聲音。

我朝手上一看，才發現我往鑰匙孔插的是汽車鑰匙。我忍不住嘖了一聲，換上正確的鑰匙打開門鎖，把少女塞進房內。

走樓梯上來的，是隔壁的藝大生。她一認出我，就輕輕舉起手打招呼。

「妳一個人出門？真是稀奇。」我開朗地問道。

「剛剛那女生是誰？」她問。

這種時候要是因為情急就撒謊，即使一時蒙混過關，後來往往反而會讓事態往壞的方向發展。老實回答才是上策。

「我連她叫什麼名字都不知道。」

我這麼說完，才發現如果只是不知道名字，那麼我也同樣不知道眼前的她叫什麼名字。不，我想應該聽過一、兩次，但記憶裡完全沒有這一段。

我從以前就很不會記別人的名字，因為很少有機會用到。

「哼～」藝大生看似輕蔑地瞇起眼睛說：「原來如此。原來家裡蹲同學會把連叫什麼名字也不知道的未成年少女帶進自己的房間。」

「我認輸了。該怎麼解釋才好呢……」

「你要吸年輕女子的血嗎？」藝大生說著，揚起嘴角笑了笑。

「這個嘛，請妳聽我解釋。」

「請說。」

「我有很複雜的苦衷。她需要別人幫助，可是目前她能依靠的就只有我。」

幾秒鐘的沉默過後，她小聲地說：「該不會和你說的那起車禍事件有關？」

「是啊。幫助她就是我的贖罪……大概吧。」

「這樣啊。」她點點頭。她本來就是個很明理的人。「那麼，我就不過問了。要是遇到什麼困難，記得跟我說。雖然我想自己幫不上太大的忙。」

「謝謝妳。」

「對了，你這裡是怎麼弄髒的？」

藝大生的視線指向我的腳下。我那褪了色的牛仔褲膝下，有著一處大約四公分見方的紅黑色汙漬。聽她指出來，我才注意到有這麼一回事。

「這是沾到了什麼？什麼時候弄到的？」

我老實表現出自己的驚訝，卻又裝作不知道造成的原因，連我自己也覺得這樣的反應很假。

「不管是沾到什麼最好趕快洗掉。那我先走囉。」

藝大生說完就回自己的房間去了。

我鬆了一口氣，打開房間的門。房裡已經點亮了燈。

更衣間傳來少女說話的聲音：「洗衣粉放在哪裡？」

她似乎正在手洗濺到血的襯衫，聽得到在洗手台裡放水的聲音。

「應該就在妳腳邊。」我加大音量以便讓她聽見：「妳有衣服可以換嗎？」

「沒有。借我幾件衣服。」

「晾在那邊的衣服隨妳拿，那些就是全部了。」

傳來打開洗衣機蓋子的聲響後，接著是打開浴室門的聲音。

少女淋浴的時候，我躺在沙發上，回想幾個小時前發生的事情。少女拿剪刀刺殺姊姊的那一瞬間，腹部被刺傷的女子那像是溺水的咳嗽聲、被血濺得染成深紅色的襯衫、從內臟洩出的臭味、地上一整灘的紅黑色血泊，還有令人不舒服的寂靜。

這一切都深深烙印在我的腦海中。這和所謂背脊發涼的說法有點不太一樣，雖然我不知道這樣的比喻是否恰當，但有種像是這輩子第一次目擊別人做愛似的，那種震撼持續撼動我的腦幹。

最不可思議的地方在於這種感覺未必讓我不快。向來對山姆．畢京柏、昆汀．塔倫提諾與北野武（註10）都敬而遠之的我，一直以為要是我在現實中遭遇電影描述的那種血腥場面，難保不會當場貧血昏倒。

然而實際情形又是如何呢？我現在最深切的感受不是焦躁、恐懼與自責，而是在目擊肉食動物的捕食場面或大規模意外現場時，得到的那種一掃胸中鬱悶的暢快感。

連我自己都覺得這樣很可恥。

除了酒精以外，我不知道還有什麼方法可以讓心情平靜。我把威士忌倒進玻璃杯，加進等量的水來喝。我不太想被少女看到我喝酒的模樣，所以來不及細細品味，很快地喝光了。之後我無所事事，聽著時鐘指針的聲響。

少女吹乾頭髮回來後，身上穿著我用來當作睡衣的一件已經撐得失去彈性的灰色連帽衣。這件衣服連我穿起來都嫌大，她穿起來反而剛好遮住大腿，正巧可用來當作連身洋裝。

「請你幫我烘乾衣服，」少女說：「我要睡了。」

少女一頭栽到床上去，卻又忽然想起什麼事情似地猛然起身，從書包拿出一個東西，緊緊抱在胸前，然後又鑽進毯子裡。就是之前那隻熊布偶吧。少女將它抱在下巴底下，閉上雙眼。

我把她的襯衫從洗衣機拿出來，用吹風機的熱風吹乾。雖然也可以用投幣式洗衣店的烘衣機，但只有一件衣服要烘，而且沾到的血跡又不是已經完全洗乾淨，所以我不太想拿著這樣的衣服出門。我想明天最好還是買幾件衣服給她穿，畢竟接下來一定又會再濺到血。

復仇。我完全無法理解少女的心情，因為我不曾懷抱強烈得想要殺死一個人的恨意。我的人生早已失敗，但這不是別人害的，讓我失敗的不是別人，正是我自己。

再加上我從小就極端不懂得表達「憤怒」這種情緒。這並不是我比較會忍耐，而也許比較像是輕忽自己表達的憤怒對他人造成的影響。我就是會先灰心地認為生氣也無濟於事，即使處在顯然應該生氣的場面，也經常會壓抑下來。這種傾向對於避開麻煩事很有幫助，但長期來看，就會成了減損我整個人活力的原因。

我很羨慕能夠毫不猶豫就表達憤怒的人。從這個角度來看，我的確對少女的某些部分懷抱著某種羨慕。當然，我同情她的際遇，也認為自己不用過像她這樣子的人生很幸

註10：山姆．畢京柏（David Samuel Peckinpah，1925-1984）、昆汀．塔倫提諾（Quentin Tarantino，1963~）、北野武（1947~）都是拍過知名暴力電影的導演。

運就是了。

我吹乾襯衫，折好放在少女的枕邊。我回更衣間換上睡衣，不過精神仍然很好，看來是睡不著了。我走到陽台上，在寒風中發著抖等待藝大生出現。但偏偏在這種日子，她就是不現身。救護車的警笛聲從不怎麼遠的地方傳來。

就在我死了心，正要回到房內時，口袋裡的手機發出低沉的聲響振動著。少女已經在床上睡著了，進藤也已經死去，現在會特地打電話給我的人就只有一個。

「喂？」我接了電話。

「你現在人在哪裡？」藝大生說。

「我們不是剛剛才見過嗎？我在公寓。妳呢？」

「我當然也在公寓。」

也就是說，我們這兩個隔壁鄰居是特地隔著電話在講話。

「那妳就來陽台啦，我正好出來抽菸。」

「不用了，外面好冷。」

「妳不會覺得這樣很浪費電話費嗎？」

「我啊，就是喜歡透過電話跟別人說話，感覺能靜下心來。因為只要閉上眼睛，專心聆聽聲音就好。而且啊，我最喜歡你隔著電話傳來的嗓音了。」

「只喜歡嗓音是吧。」

「是最喜歡嗓音啦。」

藝大生開心地笑了。

「你跟帶回家的女生處得還好嗎？」

「妳好像有什麼誤會，所以我話說在前頭。」我再度強調：「她絕對不會喜歡上我，我跟她之間就是有這樣的前提存在。」

「只是取笑你一下而已，我好歹還看得出你們不是這種關係。」

我朝不在面前的對象聳了聳肩膀。

「那麼，妳特地打電話來就是為了嘲笑我嗎？」

「這也是原因之一。不過我啊，現在處在有點棘手的心境。」

「棘手的心境？」

「我不想見到人，卻想和人說話。」

「這的確很棘手。」

「偏偏這種時候你又好像很忙。」

「對不起，」我隔著牆壁鞠躬道歉：「平常我倒是閒得要死。」

「不過也是我自己不好啦，偏偏挑這種時候想念人的溫暖。不過話說回來……我還是覺得看不順眼啊。」

「什麼事情看不順眼？」

「這該怎麼解釋才好呢？該怎麼說呢，今天的你，不像你。」接下來便是一段沉思了十幾秒般的沉默。「沒錯，換作是平常，你會有種隨時可能去任何地方的眼神。該說是眼睛根本沒對焦，還是說像看著一切卻又好像沒在看似的，就是那種愛理不理的眼神。所以我在你的面前才能夠完全放鬆。可是……剛才在走廊上碰面時，你的眼神就不是這樣。」

「那麼，當時我露出的是什麼眼神？」

「不告訴你。」她像是在吊我胃口似地說道：「剛剛那個女生已經睡了吧？我們講話若是太吵，說不定會吵醒她，所以就先講到這裡囉。等我心血來潮時會再打電話給你，晚安。」

她單方面地掛斷了電話。

算來我在陽台上待了一個小時左右。即使如此，等我回到室內，少女仍未睡著。

今晚的她並未哭泣，而是在發抖。她縮在床上，緊緊抱住枕頭和熊布偶，發出不規則的呼吸聲。這顯然不是寒冷造成的。

我心想，既然會怕成這樣，一開始別殺人不就好了嗎？但想來事情應該沒這麼簡單。畢竟她說過：「因為我就只懷著這個念頭活到今天。」

她不是只想要復仇，而是她除了復仇以外沒有別的事情可做。

第5章　少女與裁縫剪刀

我們在家庭餐廳吃了睽違二十小時的餐點。先前我一直忘記自己空著肚子，但一聞到料理的香氣，立刻湧起了食慾。

我點了兩人份的早餐鬆餅套餐，喝著咖啡問她說：

「爸爸、姊姊，這樣輪下來，下一個要復仇的對象是妳媽媽嗎？」

少女緩緩搖頭。多半是因為昨晚沒睡好，只見她頻頻打呵欠。為了遮住襯衫上的血跡，她穿著我昨天借給她的那件深藍色尼龍夾克。

「不，只有媽媽並沒有讓我嘗到那種程度的痛苦，雖然也不能說對我很好，但眼前我決定先放過她。」

早晨的餐廳裡沒幾個客人，大部分都是穿著西裝的上班族，但隔壁桌坐著一對看似從深夜就一直賴在這裡的男女大學生。兩人之間的菸灰缸堆滿了菸蒂。

我心想，這幅光景真是令人懷念。一直到幾個月前，我還經常和進藤一起在深夜的家庭餐廳裡，這樣浪費寶貴的時間。我們耗掉那麼多的時間，到底都在聊些什麼啊？如今我已經想不起來了。

「接下來我想對以前的同班同學復仇，」少女說：「應該不用像昨天一樣跑到那麼遠的地方。」

「以前的同班同學啊。順便問一下，這個人的性別是？」

「是女的。」

「她也在妳身上留下了傷痕嗎？」

少女倏地起身，坐到我身旁的椅子上，掀起制服的裙子，露出左大腿給我看。下一瞬間，一道長約七公分、寬約一公分，皮膚繃緊的傷痕就浮現出來了。我拿下太陽眼鏡一看，更覺得白嫩的肌膚與傷口的對比令人心痛。

「夠了，趕快遮起來。」

我在意周遭的觀感而制止她。當事人雖然沒這個意思，但看在旁人眼裡，多半只會認為她是在露大腿給我看吧。

「這是我被推進水溝的時候，被玻璃碎片割傷的。」少女平淡地解釋：「只是話說回來，我認為關鍵不在於她帶給我的肉體上的痛苦，而是精神上的痛苦。她是個很聰明的人，很清楚要讓人屈服，利用『羞恥』是最有效的手段。」

我佩服地心想「原來如此」。聽她這麼一說，就發現在義務教育時代的霸凌當中，將焦點放在「如何讓人出洋相」的情形的確不少。霸凌者就是直覺地知道這才是能以最高效率讓人屈服的方法。

人類最脆弱的瞬間，就是對自己產生厭惡的時候。羞恥會讓人在對霸凌者生氣之前，就先引發被霸凌者對自我的厭惡。徹底出了洋相的人，會認定自己不值得保護，抵抗的意志也就會因此消失殆盡。

「……我剛上國中的時候，學校裡的那些太保、太妹，都很怕我。」少女說：「當時我姊姊經常和一些面相凶惡的人來往。所以，我想那些同學大概都以為一旦對我出手，就會被我姊姊報復。可是，這種誤會並沒有持續太久。住在附近的一個同學到處跟人說：『她姊姊好像討厭她，我看過好幾次她被拖著到處走，還挨他們打。』因此，情況自然就當場顛倒過來。那些先前害怕我的太保、太妹，就像要宣洩先前的鬱悶似的，開始凌虐我。」

少女說得彷彿已經是十年、二十年以上的往事，讓我覺得好像在聽她述說已經克服的過往。

「我以為只要升學後，情況就會改變，所以一直隱忍。但家裡只允許我去上附近的高中，很多國中同學都去上那間高中，到頭來情況還是沒有改變。不，甚至可以說反而更加惡化了。」

「那麼，」我打斷她的話題，我既不想一直聽這種事情，也不覺得這種往事只要說給人聽就會覺得好過，於是說道：「這次妳也要殺了對方吧？」

「……是啊，當然了。」

少女說完就回到自己的座位上，重新開始用餐。

「順便告訴你，」她說：「昨天我只是有點嚇一跳才會那樣。」

多半是指她腳軟的情形吧。在我這種沒救的人面前，明明就不需要虛張聲勢。

「我並不是害怕殺人。」

少女的口氣像在鬧彆扭，我想到她說不定是在對自己虛張聲勢。她對復仇的未來懷抱不安，所以說服自己說昨天那種情形只是一場偶發的意外。

「說到這，根據昨天的經驗我想到，」我說：「既然下次也可能被血濺到，事先準備換洗衣物會不會比較好？」

「不必了。」

「不用跟我客氣，儘管拿我的錢去買妳喜歡的衣服。妳這件制服上的血跡，也還沒完全洗掉吧？」

「就跟你說不用了。」少女忿然地搖了搖頭。

「我顧慮的不是只有血跡。現在妳已經對妳爸爸和姊姊報完仇，最好當成警方已經對妳發出搜索令。而且就算不考慮這些，平日白天穿著制服走在街上，就是會很醒目。妳的『延後』也不是萬能，不方便應對一些小事，不是嗎？凡是可能造成問題的因素，我都想盡可能地排除。」

「……這個意見的確很有道理。」少女終於認同了。「那麼，可以請你去買兩、三件衣服給我嗎？」

「這行不通，我對女生穿的衣服並不清楚。不好意思，妳得陪我才行。」

「也是啦，也只能這樣了。」

少女把叉子放到盤子上，心煩地呼出一口氣。

街上石板凹陷處積了水，照出了由灰藍色天空與黑色枯樹構成的剪影。沾濕的楓樹落葉貼在人行道上，從正上方看去，就像是幼稚園小朋友用蠟筆在圖畫紙上畫的那種誇張的星星。廣場的噴水池裡也積了落葉，在起了漣漪的水面下搖曳。

我要她進去最近的一間百貨公司，挑選自己喜歡的衣服。她以不起勁的腳步走過去，在櫃位前晃來晃去。她煩惱了許久，這才下定決心，踏進一間賣年輕人衣服的店，但接下來的過程又很漫長了。

少女在店裡繞了五圈後，拿起色調沉穩的藍色外套與焦糖色的裙子，說道：

「這樣會不會很奇怪？」

「我是覺得挺好看的。」我坦白說出感想。

少女仔細看著我的眼睛。

「你說謊。你是打算不管我說什麼都會說好對吧？」

「我沒說謊。說起來衣服這種東西，本來就是愛穿什麼就穿什麼，只要不會弄得別人不愉快就好。」

「你還真是個派不上用場先生。」少女這麼說。我又多了一個不光彩的綽號。

少女在鏡子前面比了一下衣服後，將衣服放回原來的地方，又開始在店內隨意徘徊起來。

一名打扮得離妓女只有一步之遙的長腿女性店員走過來，笑容滿面地問我說：「這是您的妹妹嗎？」大概是看到我和少女之間沉重的氛圍，誤以為我們是兄妹吧。

我也沒有義務要老實回答，所以就姑且回答：「對。」

「還陪妹妹來逛街，真是個好哥哥。」

「她好像不這麼認為。」

「不用擔心。只要再過個幾年，令妹一定會了解到哥哥的可貴。因為我以前就是這樣子呢。」

「但願如此。」我擠出苦澀的笑容說道：「不說這些了，如果妳方便，可以幫她挑選衣服嗎？她好像一直在猶豫。」

「包在我身上。」

但少女一察覺店員走近，立刻像逃命似地跑到店外。少女以疲憊已極的聲音，對快步追上來的我說：

「衣服就算了，我不需要。」

「是嗎？」

我不去追問理由。即使不問，我也料得到十之八九。

畢竟她家是那種情形，相信以前從未有可以挑自己喜歡的衣服買下來的機會。她是因為第一次面臨這種經驗而退縮。

「我去買些小東西，你不要跟來。」

「知道了。大概要多少錢？」

「我手邊的錢就夠了。你在車上等，我想應該花不了多少時間。」

少女離開後，我又回到店內，對先前的店員說：「可以請妳隨便幫我挑幾件適合剛剛那個女生穿的衣服嗎？」店員立刻俐落地幫我挑了幾件。由於說不定馬上就會用到，我當場剪掉了價格標籤。為了以防萬一，我還去了別家店，買了和少女身上那件制服上衣款式接近的襯衫。因為我想也許對她而言，穿制服要比穿便服來得自在。

我走到地下停車場，回到車上，把購物袋扔到後座，躺在座椅上吹著口哨等待少女。等著等著，就會覺得自己與周遭的人們一模一樣，只是單純來逛街的顧客——而不是來做殺人的準備。

我想了想「延後」的有效期限解除後的情形。少女死去，復仇全部化為烏有，相對地我開車撞死她的事實則會復甦。當然，我會因為交通過失致死罪而遭到逮捕。之後會有什麼樣的處置，我知道得並不多，但多半會被關進監獄服刑，刑期大概是數年至十數年之間。

我心想，即使兒子被關進監獄，父親多半也不會有太大的反應。一個只是出了差錯才一直活動的空殼子，只不過酒醉駕車而引發死亡車禍，不足以讓他震驚。真的得要像少女所做的那樣，抱持明確的殺意奪走他人性命，否則多半沒辦法讓父親有什麼反應吧。至於母親……「你看吧，當初我獨自逃離那個男人果然是對的。」我能夠輕易地想像出這件事加深她如此說的自信模樣。她就是這樣的人。

我嘆了口氣說著「真受不了」。我到底是生下來做什麼的？我出生至今二十二年，從未得到自己是正確「活著」的感覺。沒有目標、沒有人生意義，也沒有幸福，就只是因為不想死這個理由而活到今天。結果就是這樣。

「……早知道我應該像進藤那樣早早放棄，了斷自己的性命。」

我已經不知道是第幾次想到這句話，這次我沒留在心裡，實際說了出來。

我不認為這世界是個不值得活下去的地方。

然而，單就我的人生而言，我就是無法認為這是個值得活下去的地方。

當我們抵達目的地所在的遊樂設施，已經過了下午兩點。這是一棟複合型設施，由保齡球、撞球、射飛鏢、棒球打擊場、電玩遊樂機台、推錢幣機等各種設備，以及幾間餐飲店所構成。這裡像是同時有五百個鬧鐘在響的吵鬧聲，讓我的腦袋昏沉沉的。看樣子只是關在家幾個月不出門，就讓我完全失去了對這種噪音的抵抗力。

根據少女的說法，下一個復仇對象高中讀到一半就休學，現在似乎是在這棟設施內的義大利餐廳工作。只是話說回來，少女到底是怎麼得到這些消息？我對她用的方法完全沒有頭緒，但她肯定花了非常多心血，徹底地調查。

餐廳有落地窗，從外面也一樣可以把店內的情形看得一清二楚。我坐在一張位置正好的長椅上，推測哪一個店員才是少女的復仇對象，接著就看到換完衣服的少女走過來。由於在這種時間穿著制服在電玩遊樂中心遊蕩，難保不會被叫去輔導，我就叫少女去換衣服。

「那間店的店員很會挑衣服嘛。」我誇了她這身服裝。她穿著細格紋的連身洋裝與苔蘚綠的開襟毛衣，搭配款式簡單的短筒靴。「妳這樣打扮，看起來比較成熟，說是大學生也騙得過人。」

少女無視我的讚美說道：「你的太陽眼鏡借我。」

「這個？」我指了指自己的眼周。「是沒關係，不過我覺得反而會引人注目。」

「沒關係，只要不讓那個人知道我是誰就好。」

少女戴上可疑的圓框太陽眼鏡，在我身旁坐下，窺看餐廳內的情形。

「找到了，是那個女的。」

少女指出的人——雖然昨天也是一樣——是個乍看之下實在不覺得會危害他人的人物。一個隨處可見、長得有點漂亮的女生。只要不在意她兩隻眼睛之間的距離稍嫌太近這一點，甚至可以說眉清目秀到了完美的地步。她留著一頭像男生一樣短、染成深咖啡色的頭髮，但多虧她的厚嘴唇與小巧鼻子醞釀出的女人味，稍微壓過了頭髮給人的印象，反而顯得很性感。動作和嗓音也很乾脆俐落，是那種不分男女老幼都會喜歡的活潑女生。這就是我對她的第一印象。

壞人並不是都一臉壞得很明顯的樣子。

「所以她就是妳的下一個復仇對象？」

「是啊，我今天要殺了那個人。」少女說得若無其事。

「今天妳也要劈頭就拿剪刀刺她嗎？」

少女雙手環胸，沉思了一會兒說：「不，在這裡用這個方法太過醒目，我要等到她打工結束。後頭有員工用的出入口，所以一旦她有要下班的跡象，我們就先繞到後門。」

「我沒有異議。這次我也要先找個地方躲起來待命嗎？」

「應該是這樣。如果那女人想跑，就請你怎麼樣也要抓住她。」

「知道了。」

由於不知道女子打工到幾點才會結束，我們就坐在這張長椅上盯梢。少女吃著兩球疊起的冰淇淋，我吃著炸魚薯條，並傾聽遠方傳來保齡球撞倒球瓶的聲音，四處傳來年輕男女的嬉鬧聲。炸白肉魚有種像是用廢油炸出來的滋味，薯條也不夠鹹，我沒嚼幾下，就用可樂灌進肚子裡。

不知不覺間，少女不再看向餐廳內，反而是看著擺在通道旁的夾娃娃機。玻璃櫃內堆著像是熊和猴子混血的動物布偶。我再度將視線拉回到少女身上，就正好和她的目光交會。

「……那個，幫我夾。」少女說：「反正看來還得花很多時間等待。」

「我在這裡盯著，妳儘管去夾。」我把錢包交給少女。「那女人一有什麼動靜，我會馬上叫妳。」

「憑我就算花一年也夾不到。你去夾。」

「不，我也很不會玩夾娃娃機。我這輩子從來不曾夾過獎品。」

「別說那麼多，你去夾就對了。」

少女把錢包塞還給我，在我背上拍了一記。

我把千圓紙鈔拿去兌幣機換成零錢，站到機台前。我挑準一隻距離開口較近，看起來比較好夾的一隻布偶，忍住難為情的感覺投了硬幣進去。我嘆了一口氣，心想要是至少少女站在我身邊，看起來還挺像樣的。但一個表情憂鬱的大學男生，卻在平日大白天時努力夾泰迪熊，這個構圖實在太悲慘。

我白費了一千五百圓，還請從旁走過的一名年輕男性店員調整位置，然後又花了八百圓，才總算把布偶夾進洞裡。這是我這輩子第一次玩夾娃娃機得到的獎品。我回到長椅上，將袋子交給少女，她就冷冷地接了過去，之後不時會像要確認觸感似地把手伸進袋子裡。

下午六點多，女子打工結束。

少女站了起來，說聲：「我們要快點。」接著快步走到店外。我也跟了上去。

這是個看不見月亮的夜晚，最適合復仇了。尤其後門外的停車場路燈很少，看樣子不必特地找地方躲起來。或許是因為在吵鬧的地方待久了，鬧哄哄的感覺還留在耳朵裡，讓我有種要暈過去的感覺。秋天的夜風從頸子帶走體溫，我覺得冷，穿上了抱在脅下的夾克。

少女從書包拿出昨天也用過的裁縫剪刀，從牛皮套中拔了出來。這把剪刀有著順手的左右非對稱純黑握柄，由於在昨天那件事的記憶影響下，在黑暗中發出朦朧光芒的銀色刀刃，怎麼看都只像是專門用來殺人的工具。仔細一看，就覺得形狀令人毛骨悚然。左右兩邊用來放手指的洞，就像因憤怒而扭曲得十分醜惡的雙眼。

女子遲遲未現身。就在我開始擔心是不是來晚了一步時，後門打開來了。她脫去打工制服，換上長大衣與酒紅色裙子後，模樣一口氣變得比她工作時老得多。既然說是虐待過少女，相信她也同樣只有十七、八歲，不過她看起來跟我年紀差不多，頂多比我小個一、兩歲。

女子看到少女攔在身前，露出狐疑的神情。

「妳還記得我嗎？」少女問。

女子盯著少女的臉觀察了一會兒。

「呃，抱歉，我就要想起來了啦。」女子指了指自己的喉頭說道（註11）。

少女的眼神變得凶狠，這個表情似乎刺激了女子的記憶。

「啊啊，什麼嘛，我還想說是誰呢……」

註11：日本慣用語，話快要說出到喉頭，指快要想起來卻想不起來的樣子。

女子的臉頰鬆垮下來。

我認識幾個會這麼笑的人，是一群以欺凌別人為至上喜悅的傢伙。這些傢伙就只在辨識別人是否會反擊時，眼光異樣地精準，一旦判斷能夠單方面痛毆，就會徹底折磨對方。透過做這種事來維持自尊心的傢伙，就會露出這樣的笑容。

女子不客氣地對少女從頭頂打量到腳尖，應該是在比對自己記憶中的少女和現在的少女有沒有什麼差別。她打算根據觀察結果，臨機應變地行動。

女子心中似乎決定了要如何回應少女。

「妳還活著啊？」女子說。

我思索這是什麼意思。是「妳（活著又不會有任何好事，竟）還活著啊？」，還是「妳（都被折磨得這麼慘了，卻）還活著啊？」

「不，我已經死了。」少女搖搖頭說：「然後我要把妳也抓去墊背。」

少女並不給女子時間反問。下一瞬間，裁縫剪刀已經插在女子的大腿上。

女子發出金屬質感的尖叫，當場倒了下去。少女以輕蔑的眼神，低頭看著她痛得掙扎哀號的模樣。焦糖色的長大衣衣襬漸漸染上鮮血，但即使看到這樣的景象，我也已經不再動搖。今天我做好了心理準備。

女子想呼救而深吸一口氣，但她尚未喊出第一個字，少女的樂福鞋就朝她的鼻頭上一踢。就在按住臉而發出不成聲哀號的女子面前，少女拿出了一把像是指甲刀的工具，用這工具在刀刃上滑了幾下。

看來她是在用挫刀磨刀刃。

少女在兩邊的刀刃各磨了五次之後，丟開挫刀，抓起女子的頭髮讓她站起，再將張開的剪刀刀刃，抵在她露出極度恐懼神色的雙眼上。動刃負責左眼，靜刃負責右眼。女子停下了動作。

這個夜晚很冷。不是冬天，呼出來的氣卻染成白色。

「妳有什麼話要對我說嗎？」少女問。

女子滿臉鼻血，反覆說著求饒的話，但根本構不成語句。

「應該要說對不起吧？」

少女將剪刀往後一收，合了起來。刀刃遠離眼睛，當女子正要鬆一口氣，剪刀就猛力刺進女子的頸部。

少女要刺的不是咽喉，剪刀似乎貫穿了頸動脈，只見刀刃拔出的瞬間，鮮血就像噴泉似地從傷口溢出。不是流出，是溢出。

女子雙手按住傷口，彷彿想攔住劇烈排出體外的血液，但她維持這樣的姿勢幾十秒後，眼睛睜開，就這麼斷氣了。

「……這次，也弄髒了。」少女沾到鮮血，轉身面向我說道：「虧我還挺喜歡這套衣服呢。」

「再買就好了。」我回答。

少女一直臉色蒼白，所以我早就有預料到，只見她躲起來換回原來的制服後，特地回到店內，跑進餐廳旁邊的廁所好一會兒都不出來。聽得見小小的嘔吐聲，多半就是在吐吧。

我心想，她殺人的時候一點都不猶豫，事後的反應卻極為正常。這名少女和案例教科書中的那種連續殺人犯不同，對暴力有著明顯的厭惡。不然她就不會每次殺人後，都不舒服到嘔吐或腳軟。

這樣的女生會實際去殺人，想必她的怨恨極為強烈吧。

而我也是一樣。明明才剛目擊凶殺現場，為什麼卻能如此若無其事呢？和殺人魔在一起卻毫無感覺的我，豈不是比殺人魔還瘋狂得多？

只是即使真是如此，事到如今我也沒什麼好困擾的。

我在陰暗的走廊上、一張外皮滿是裂痕的沙發椅上坐下，等待少女出來。過了抽完三根菸的時間，她總算回來了。她腳步沉重，雙眼充血通紅，多半把今天吃的東西全都吐了出來。本來就已經很白的皮膚顯得更加蒼白，變得像幽靈一樣。

「妳的臉色好糟。」

我這麼一開玩笑，少女就以死氣沉沉的眼神說：「我本來就是這樣。」

「沒那回事。」我否定她的說法。

本來我們應該分秒必爭地逃離這個地方。雖說我們已經把那女人的屍體藏進草叢，不過被發現也只是時間的問題，而且少女的書包裡還裝著做為凶器的裁縫剪刀與沾滿血的衣服。我的衣服也一樣沾到血，只是比較不明顯，但仍處於一旦被叫去偵訊就會當場玩完的狀況。

不過我卻說出這樣的話：

「吶，今天的復仇要不要就在這裡告一段落，先去透透氣再說？而且妳好像也很累的樣子。」

少女用手撥開長得可以遮住眼睛的瀏海，看著我的眼睛說：

「……例如說？」

我本來以為她會一口回絕，沒想到她的回答還挺積極的。她大概無心反駁了吧。

我心想，這應該會是一次很不錯的「加分」。

「我們去打保齡球吧。」我說。

「保齡球？」少女將視線投向位於商店另一頭的保齡球球道，瞪大了眼睛。「你該不會是說，現在就在這裡打？」

「沒錯。我們就帶著凶器，留在凶案現場打保齡球。雖然大家都說殺人犯會回到現場觀察，但我想應該沒人想得到殺人凶手會留在現場打保齡球吧？」

她用眼神問我是不是認真的，我也以眼神回答我是認真的。

「這個提議不錯吧？」

「……說得也是，不壞。」

這是我們差勁的品味吻合的瞬間。留在凶殺現場享受娛樂活動，以冒瀆死者的手法而言堪稱一絕。

我們在櫃檯辦完手續，租了造型糟得無以復加的保齡球球鞋，走到球道前。少女對保齡球這項運動似乎是第一次接觸，連八磅的球都重得讓她嚇一跳。

考慮到要示範給她看，我選擇先攻，投了一球出去。我投球時是打算不要打倒七瓶以上，出來的結果也正合我意，剛好打倒了七個球瓶。我打算把第一次全倒的機會讓給少女。

我轉過身去，對少女說：「輪到妳了。」

少女慎重地將手指插進八磅球的指孔，瞪著球瓶，用以女生而言算是標準的動作投了出去。她打倒八瓶。看來她天分不錯，多半是專注力很夠吧。打到第四格，她已經打出補倒，更在第七格打出了全倒。

真是令人懷念。以前有一陣子，進藤受到電影《謀殺綠腳趾》（註12）的影響，如痴如狂地有事沒事就跑去保齡球場練球，進藤的最高分紀錄超過兩百二十分。我也會在一旁看著，有時陪他打個幾局。或許是因為他每次都會給我相當中用的建議，我練出了狀況好時打得出一百八十分的球技。以對什麼事情都三分鐘熱度的我而言，這算是很棒的成果了。

我為了刺激少女的競爭意識，故意打出勉強贏過少女的分數。因為我想到要對付這

註12：1998年上映的美國喜劇片，無業遊民的男主角對於保齡球十分狂熱。

種孤僻的女生，這麼做的效果會比故意輸掉要好。

少女果然在打完一局後，露出了不滿的反應。

「再一次，」她說：「我們再比一次。」

等到打完三局，少女蒼白的臉色也找回了幾分健康的顏色。看來我們待在這裡的時候，屍體並未被人發現。又或者是少女瞞著我，將屍體被發現的情形「延後」。

不管怎麼說，我們得以平靜地度過這段時間。打完保齡球後，我們就在被殺的這位女子工作的餐廳，吃了有點豪華的一餐。

這一天，我們沒有回公寓。少女說距離下一個復仇對象的所在地有六個小時的車程。我提議乾脆搭新幹線去吧，但少女說「我討厭人多的交通工具」而駁回。看來與其搭乘大眾交通工具，她寧可坐在狹窄的輕型汽車那硬邦邦的座椅上，和殺了自己的男人獨處半天。

少女似乎尚未完全從殺死同學的震撼中振作起來，再加上昨晚她又睡不太著，即使離開遊樂設施時，她的腳步都還很虛浮。而我這幾個月來又都過著幾乎整天躺著的生活，所以體力大不如前，開車開個二十分鐘，眼瞼就已經只能抬高到一半。

當我聽見喇叭聲時，才知道自己失去意識一段時間了。看樣子我是在等紅燈的時候不小心睡著了。我趕緊踩下油門，結果引擎竟然空轉，我焦急地打了檔，然後又重新踩下油門。

我以責怪她為什麼不叫醒我的眼神朝副駕駛座一看，發現少女也和先前的我一樣，低頭閉著眼睛。多半是緊張的情緒舒緩下來，讓疲勞一口氣湧了上來，她連喇叭聲與劇烈加速的震動都沒有察覺，睡得十分熟。

我心想，兩個人都處在這種狀態下，還繼續開車就太危險了。我想找個地方把車停下來休息，但就算像前天晚上那樣睡在車上，大概也消除不了多少疲勞。乾脆找一間旅館好好睡一覺比較好吧？雖然少女可能會責怪我說：「我沒時間了，你以為我有空休息嗎？」但總好過開車打瞌睡而引發無謂的車禍吧。

她說「延後」無法自由自在地運用。比方說，若是我在少女熟睡時，方向盤打錯邊而和大型卡車正面對撞，她能夠將這個情形「延後」嗎？要是連人生走馬燈都來不及看完，連害怕地呼喊不想死都來不及喊完，也並未以靈魂嘶吼出：「怎麼會有這種事！」那麼，是不是就不可能將死亡「延後」呢？

我想少女多半不知道這個問題的答案。從她的解釋聽來，連她自己也並未完全掌握自身的能力。

我決定以安全為優先，於是開進國道旁的商務旅館，將少女留在停車場，自己去櫃檯問有沒有空房。結果得到的答案是還剩一間兩張床的房間。正巧。如果只有一張雙人床，我大概就得睡地板了。

我在表格上填寫必填欄位時，才想到自己對少女的名字和住址都一無所知。總不能現在才去問，所以我寫了假名——「湯上千鶴」。我的盤算是只要說是跟我住在同一間公寓一起生活的妹妹，事後在很多方面都比較能夠變通。畢竟服飾店店員就曾誤以為我們是兄妹，這個謊言不至於太牽強。

我回到車上，搖醒熟睡的少女，告訴她說：「執行下一次復仇前，我們先在這裡睡一覺吧。」她也不抱怨，乖乖跟來。我想她雖然沒說出口，但應該也想睡在柔軟的床上，而不是硬邦邦的汽車座椅上。

我在自動門前面回頭問說：

「我們兩個人住同一個房間，可以嗎？只剩這個房間了。」

她沒有回答，但我擅自解釋成這意味著「沒什麼關係」。

房間裡有著商務旅館風格的儉樸裝潢。這是個以象牙色為基調的房間，並排的兩張床之間，放著一張擺著電話的正方形桌子，正上方則掛著一幅顯得很廉價的抽象畫。並排的床正面有著書桌，桌上聊備一格地放著茶壺與電視等物品。

少女確定門上了鎖後，從書包裡拿出沾著乾燥血跡的裁縫剪刀，開始在系統衛浴的洗手台清洗。她仔細洗去汙漬，用毛巾把水擦乾後，在床邊坐下，愛惜地用挫刀磨利刀刃。為了達成目的，這項工具不可或缺。

可是為什麼要用剪刀呢？我把放在書桌上的陶製菸灰缸移到床邊的小桌子上，點起一根菸思考這個問題。明明就有很多更適用的凶器。是因為沒錢買刀？因為剪刀看起來不像凶器？因為方便攜帶？單純因為家裡有？因為用起來最容易？因為已經對這項工具產生感情？

我開始想像。想像少女受到父親與姊姊虐待的夜晚，明明正值寒冬，卻被關在分棟的倉庫當中，冷得發抖哭泣。但過了幾分鐘，她就擦掉眼淚，站了起來，摸索著尋找有什麼工具能夠用來解開從外頭鎖上的鎖。她很清楚如何將悲傷轉化為憤怒，再將憤怒化為寂寥的勇氣。哭了也無濟於事，誰也不會來救她。

打開放著工具的抽屜一看，少女的指尖忽然傳來刺痛。她反射性地縮手，然後戰戰兢兢地又伸出手，拿起這個刺傷她手指的物體，用從通風口射進的月光照亮它。

那是一把生鏽的裁縫剪刀。

為什麼這種地方會放著剪刀呢？如果放的是扳手、螺絲起子或鉗子，倒還可以理解。是因為覺得這些東西都差不多而歸在同一類嗎？

少女試著將手指伸進握環。她微微用力，刀刃才總算張開。

少女也不顧血液沿著手指流到手腕，看著剪刀看出神。她注視著尖銳的刀尖，結果就注意到一股勇氣從丹田湧起。

眼睛漸漸習慣了黑暗，開始看得出工具櫃裡頭物品的輪廓。她重新從上面依序翻找這個不好開關的抽屜，很快就找到了要找的東西。少女拿起挫刀，細心地磨去刀刃上的鏽斑。

她多得是時間。

深夜的倉庫裡，迴盪著不祥的摩擦聲。

少女發下誓言，總有一天一定要用這把剪刀要了他們的命。

這一切都只不過是我的空想，但我開始對那把剪刀產生興趣。

少女沖完澡回來時，已經換上房間備妥的睡衣。這件連身洋裝款式的衣服既白淨又樸素，比較不像睡衣，反而像是醫生或神職人員穿的白袍。

少女將磨完的剪刀舉到眼前，查看著刀刃的狀態，我問她說：

「這個可以借我看一下嗎？」

「……為什麼？」

她問得很有道理。如果只是有興趣，多半會被她冷漠地拒絕。我在腦中翻找比較可能管用的說法。

就在剪刀即將被收進皮套的時候，我說：

「因為我覺得，很漂亮。」

看來這個回答還算不錯，少女儘管露出充滿戒心的眼神，但還是將剪刀遞給我。也許是因為中意的工具被人誇獎，讓她覺得很開心。

我坐到少女的正前方，就像她先前一樣，將剪刀舉到眼前端詳。本以為刀刃已經磨得像鏡子一樣亮晶晶的，卻也不是這樣。從幾公分的距離看去，刀面上有著無數細小的痕跡。這也難怪，因為重要的是刀尖能不能毫無阻礙地穿破皮肉，磨利其他部分也只會降低刀刃的強度。我想少女應該只是把最基本非磨掉不可的鏽斑磨掉而已——不過剪刀生鏽只是我想像中的情形罷了。

「磨得真好。」我自言自語。

聽說人一拿起工具，就無法不去想像使用這項工具的自己。看著這把專門用來殺人的剪刀，我突然產生了一股衝動，也想拿起這把剪刀刺人。磨得非常銳利的刀尖，多半會像刺進熟透的果肉一樣，輕而易舉地穿進肉裡。

我試著想像。我想拿著這把剪刀刺人，那麼我該刺誰才好呢？

最先列入候補名單的，終究還是坐在隔壁床上的這個心浮氣躁、目光始終注視著離開手邊的剪刀的少女。

看來這把裁縫剪刀就和熊布偶一樣，對她發揮了鎮靜劑的效用。她本人大概也是到現在才知道，一旦放開剪刀，就會因為過於無助而產生動搖，卻又不想承認而裝作若無其事。看起來是這麼回事。

失去武器的現在，少女變得幾近無力。我想像著如果當場刺死她，會演變成什麼情形。如果把剪刀插進她那鈕釦沒扣的睡衣縫隙間微微露出的漂亮胸膛正中央；如果割開她那會發出有如玻璃豎琴般純淨怡人嗓音的喉嚨；如果刺進她那幾乎沒有任何脂肪的光滑腹部後扭動刀刃蹂躪。

少女的殺意似乎透過剪刀傳染到我身上來了。

我把食指伸進握環，轉動剪刀。少女不耐煩地伸出手說：「還給我。」但我並不停止轉動，恣意地享受殘暴的想像。

就在我決定她再說兩次「還給我」後就還給她時，少女的眼神已經變了。或許應該說是轉為混濁了。

我對這個表情很熟悉，是她與復仇對象對峙時的表情。

我感受到一陣堅硬的衝擊，視野一片全白，整個人往後倒在床上。眉心傳來一陣像要裂開似的劇痛。飄散在臉上的灰燼氣味，讓我知道自己是被菸灰缸砸中。

左手感覺得出剪刀被搶走。我擔心剪刀在下一瞬間就會對準我，但所幸並未發生這種情形。

我痛得好一會兒不能動彈，然後坐起上身，拍掉襯衫胸口的灰燼。我用指尖輕輕摸了摸，想知道額頭現在的情形，就摸到一些濃稠的血，但我這兩天來已經看血看到膩了，所以也沒什麼感覺，頂多只因為弄髒手而覺得不快。我將手指湊到鼻子前，聞了聞這像是鐵鏽般的氣味，然後撿起掉在地上的菸灰缸，放回小桌子上。

少女背向我，坐在自己的床上。

某種醉意已經完全清醒。我拿自己沒轍，覺得真受不了自己。我自認很冷靜，但看來這幾天來的種種事情，已經著實地讓我漸漸失去了理智。

我以為自己惹她生氣了。但當我正要為自己惡劣的玩笑道歉而拍了拍少女的肩膀時，她害怕地縮起身體。

她回過頭來，臉頰上已經淌著眼淚。

看來她的心靈遠比我想像中更加脆弱。

她大概是在我拿著剪刀露出詭異笑容的模樣中，看到了那些虐待她的傢伙吧。

少女知道我不會反擊後，低下頭輕聲說：

「……請你再也不要做這種事了。」

我說了聲對不起。

一沖了熱水澡，被菸灰缸砸到的額頭就陣陣抽痛；一洗頭髮，洗髮精就滲入傷口產生劇痛。我心想，好久沒受這種像樣的傷了。上一次受傷是什麼時候的事了？我關掉蓮蓬頭的水，翻找記憶。對了，是在三年前——我穿著尺寸不合的鞋子走了一整天，結果腳拇趾的指甲剝落——多半就是從那次以後又再次受傷吧。

只是話說回來，我被先前自己的舉動嚇了一跳。要是少女沒用菸灰缸砸我，不知道現在會變成什麼情形？不知道怎麼回事，當時腦袋中自然而然地浮現出「就殺了少女吧」這樣的念頭，甚至覺得那是我的義務。我本來深信自己是個個性溫馴、與暴力無緣的人，但說不定其實有著一般、或甚至超出常人水準的暴力傾向，只是以往沒有機會顯露出來罷了。

我換上睡衣，擦乾頭髮後，手機就在我脫掉的牛仔褲口袋裡震動。不用看也知道是誰打來的。我坐在浴缸邊，接了電話。

『我想說你可能差不多想要我打電話給你了。』藝大生說。

「說來很不甘心，不過妳說對了。」我說：「我快喘不過氣來了。」

『聽我說聽我說，我現在啊，是從公共電話打給你呢。』她十分自豪地說道：『雖然是街角的電話亭，可是頭上有一大堆夏天殘留的蜘蛛網，噁心得不得了。』

「我人就在妳隔壁的房間時，妳打手機給我，等我人在遠地，妳卻從公共電話打過來？」

『我一個人在夜間散步時，就下起雨來。我想找個可以躲雨的地方，找著找著就看到了這裡。這年頭不是都沒有機會打公共電話了嗎？我想說機會難得，乾脆在這裡和家裡蹲同學聊天聊到雨變小。可是我身上沒有十圓硬幣，只好投了一百圓硬幣下去。你要陪我講到時間用完喔……對了，你剛剛說你『人在遠地』是嗎？」

「是啊。」我心想這種事也許不必跟她解釋，但還是繼續說：「我已經在車程五小時的距離之外，正在旅館休息。」

『哼～越來越不能叫你家裡蹲同學囉。』她似乎心有不滿地又說道：『你跟那女生處得好嗎？』

「我弄哭她了。被她用菸灰缸砸，額頭都出血了。」

藝大生放聲大笑：『你一定是想做什麼下流的事吧？』

「假設我是會做出這種事的人，妳應該會先受害吧？」

『誰知道呢？畢竟你看起來就是會喜歡那種有陰影的女生。』

我們一直持續這些無關緊要的閒聊，直到一百圓的時間用完為止。通話結束，我吹乾頭髮，走出了浴室。愛哭的殺人魔已經背對著我在床上睡著了。她一頭亮麗的黑色長髮，呈放射狀散在白色的枕頭與床單上，纖細的肩膀和緩地起伏著。

我心想，少女最好作個惡夢然後嚇得跳起來。這樣一來，我就可以對驚恐已極的她說些好聽的話，像是「要不要我去買個飲料給妳？」、「可能是空調開太強，我把溫度調低一點吧？」就可以因此「加分」了。這樣一來，我的罪也會稍微減輕。

只要打開電視，或許就會看到有關今天這起殺人事件的報導，但看了也不能怎麼樣。我把沾著血跡的陶製菸灰缸拉到身前，從桌上拿起香菸，用輕油打火機點著。我先深深吸進一大口煙，維持了十秒左右才呼出去。額頭的傷一碰到就痛得火辣辣的，但這種痛楚就像是我存在於此的證明，讓我覺得十分舒暢。

第6章　不哭不哭，痛痛飛走吧

掛在空中的捲雲，就像模糊的天鵝翅膀。因昨晚的雨變得又黑又濁的廣大河流上架著一座拱橋，我開過拱橋，沿著黃金色稻穗搖曳的稻田旁的一條小路前進。開進主要幹道後沒過幾分鐘，就看到了一座小小的市鎮。各種熟悉的連鎖商店按照熟悉的順序排列，形成一片千篇一律的風景。

我在一間小巧的烘焙坊停下車，在停車場打了個大大的呵欠。一陣秋風吹過，衝鼻的氣味刺激鼻腔。少女走出副駕駛座，一頭黑髮被風吹得揚起，浮現出一道從左眼角往正下方延伸、長約五公分的舊傷。這是一道很深很直，像用剃刀割出來的傷痕。她不著痕跡地用左手遮住，似乎不想讓我看到。

她本人並未多做解釋，但這道傷痕無疑就是被第三個復仇對象的男子弄出來的。手掌上有刺傷、手臂與後背有燙傷、大腿有撕裂傷、臉上有割傷，我心想她這樣豈不是全身上下都傷痕累累的。我甚至忍不住會去猜想，是不是這名少女有著某種會引出身邊人們暴力傾向的特質。雖說她受到家暴與霸凌這兩方面的凌虐，但傷痕的數量終究還是太反常了。

就像看到某種形狀的石頭就會想一腳踢出去；就像看到某種形狀的冰柱就會想連根折斷；就像看到某種形狀的花瓣就會想一片一片剝下來……這世上的確有著一些與美醜無關，就是會讓人「忍不住想摧毀」的事物。我心想，少女會不會也是這樣？昨晚突然在我心中湧起的攻擊衝動，不也可以用這個觀點來解釋嗎？

我搖搖頭，心想這是加害者自私的說詞，說得彷彿最大的責任在於少女身上。不可能是這樣。無論她有著什麼樣的特質，都不構成可以傷害她的理由。

我們買了剛出爐的起司牛角麵包、蘋果派、蕃茄三明治，還有咖啡，在露台座位上默默地吃著。或許是有麵包屑掉到地上吧，只見幾隻小鳥在我們的腳下徘徊。道路對面的兒童公園裡，有一群小朋友在踢足球。失去了綠意的草地正中央，一棵大樹拖出長長的影子。

一名戴著灰色獵帽、四十幾歲的男子，打開門從店裡走了出來，並朝著我們笑了笑。他一頭短髮，臉孔的輪廓很深，鬍鬚刮得乾淨整齊，胸徽上有著「Owner（老闆）」的字樣。

「要不要續杯咖啡？」

我說「麻煩你了」，老闆就拿來咖啡壺，在我眼前幫我倒滿。

「兩位是從哪裡來的？」他親切地問。

我告訴他市鎮的名稱。

「你們是從這麼遠的地方來的啊……這麼說來，兩位果然是來看那個扮裝遊行，不，還是來參加的？」

「扮裝遊行？」我反問：「有這種活動嗎？」

「你們不知道就跑來啦？你們運氣很好，既然都來了，最好去參觀一下。這遊行很壯觀，會有好幾百個人扮成各種模樣，在站前的商店街列隊遊行。」

「啊啊，是萬聖節的遊行啊？」

我看到露台區角落的大西洋巨人（Atlantic Giant）——也就是所謂的巨大南瓜——頓時恍然大悟。

「沒錯。這個活動三、四年前才開始，但是參加人數一年比一年多。沒想到喜歡扮裝的人那麼多，真讓我嚇了一跳。也許大家平常不會表現出來，但其實都有變身願望啊。大概是對無論何時何地都要當自己的生活膩了吧。之所以有很多人會化妝得很血腥，可能是因為自我破壞的慾望都很強吧……老實說我也很想參加一次看看，但就是少了跨出最後一步的勇氣。」

老闆說了像是心理學用語的話後，再度仔細交互看著我們的臉，然後以饒有興趣的表情問了少女說：「對了，請問兩位是什麼關係呀？」

少女朝我瞥了一眼，像是要叫我回答。

「你覺得是什麼關係？請你猜猜看。」

他摸了摸鬍鬚，思索了一會兒。

「千金小姐和隨從。」

我佩服地心想這比喻真有意思，遠比兄妹或情人更接近正確答案。

我們謝謝老闆的咖啡，離開了這間店。少女一一指路說：「前面右轉。」、「直直開一段路」、「……剛剛那邊應該要左轉。」我照她的指示開車，等到抵達第三個復仇對象所住的公寓時，太陽已經開始下山了。傍晚五點的晚霞，像是將一種歷經長年歲月而褪色的底片顏色，染在整座市鎮上。

公寓的停車場沒有空位，附近也沒什麼地方適合停車，我只好把車停在有點距離的運動公園停車場。河畔傳來中音薩克斯風生澀的練習吹奏聲，多半是附近國中或高中的管樂社社員吹奏的吧。

「我臉上這道傷，是在國中二年級冬天時被人弄傷的。」

少女總算提到了傷痕。

「那是在每年只上一次的溜冰課上課期間發生的事。每間國中一定都會有幾個離經叛道的學生，其中一個就假裝失去平衡，故意絆住我的腳，害我跌倒。我倒地後，他還用冰刀鞋上的冰刀踢了我的臉。相信他本人應該以為只是平常那種輕微的騷擾，可是冰刀鞋這種東西，連戴著手套的手指都能輕易切斷。滑冰場上就這樣被我的血染出一大片紅色。」

少女說到這裡住了口，我催促她說下去。

「起初那個男生堅稱是我自己跌倒受傷。可是，這道傷痕不管怎麼看，都不是單純在冰上跌倒就弄得出來。當天他就承認是他做的，不過到頭來還是被當成意外處理。他很明顯是故意踢我的臉，而且應該也有很多學生目擊到。他的雙親來學校道歉，而我也拿到了聊勝於無的精神賠償費，但他在我臉上留下一輩子都不會消失的傷痕，甚至不用處以停學處分。」

「早知道就帶冰刀鞋來了，」我說：「該讓他遇到二、三十次『意外』才對。」

「說得也是……算了，用剪刀就夠了。」

我覺得少女一瞬間露出了微笑。

「這次的對手是男性，所以我要你一開始就跟過來。」

「好。」

我確定少女將裁縫剪刀藏進襯衫袖子裡後下了車。我們爬著紅褐色的鋼骨樓梯，登上了這棟屋齡有三十年以上的公寓，來到這個國中畢業後就沒有固定工作而遊手好閒的男生房間前。

少女以纖細的手指按下了門鈴。

不到五秒就有腳步聲接近。門把被人轉動，門緩緩地打開。

我和露臉的男子目光交會。

空洞的眼神、毫無血色的臉、過長的頭髮、憔悴的雙頰、落腮鬍、乾瘦的體型。

我覺得他很像某個人，接著立刻注意到這「某個人」就是我自己。不是相貌相似，而是死氣沉沉這點跟我一模一樣。

「嗨，是秋月啊？」

男子對少女說道。他有著沙啞的菸酒嗓。到了這個時候，我才第一次知道秋月就是少女的姓氏。

即使突然有客人找上門，他似乎仍不為所動。只見他看著少女的臉，凝神觀看臉上的傷痕，露出悲傷的神情。

「妳現在會出現在這裡，」他說：「表示下一個要殺的人果然就是我吧？」

我和少女對看一眼。

「放心吧，我沒有打算抵抗。」他繼續說：「可是在這之前，我有話要和妳說。進來吧，不會花太多時間。」

他也不等我們回答，就轉身背向我們，留下許多疑問，自行回到房間。

「怎麼辦？」

我讓她決定。少女似乎因為事態出乎意料之外困惑到了極點，手握著袖子裡的剪刀，僵在原地不動。

不過看來最後還是勝不過好奇心。

「還不用出手，我們就先聽聽他想說什麼。」

少女說等聽完再殺也不遲。

但半個小時後，她將切身體認到這個判斷有多麼天真。聽聽他想說什麼？等聽完再殺也不遲？太沒有危機意識了。我們應該一開始就盡快殺了他。

包括她的父親在內，少女目前已成功地對三個人復仇了。我想就是這樣的實績導致輕忽，產生了大意。復仇行為本身非常容易，只要我們有這個意思，要讓對方死掉簡直輕而易舉——我們不知不覺產生了這樣的想法。

穿過水溝上衝的臭味揮之不去的廚房，打開通往客廳的門。從窗戶射進的西曬陽光非常刺眼。

三坪大的房間牆邊擺著電子琴，男子反向坐在電子琴的椅子上。電子琴旁邊一張簡陋的桌子上方，並排著復古電晶體收音機與大型電腦，另一頭的牆邊則放著豬鼻牌（Pignose）的擴大機，以及琴頭的商標剝落的胡椒薄荷綠色的電吉他。這個人似乎喜歡音樂，但不像是以此維生。雖然我也沒有根據，但我就是能從一個人散發出來的氣息，分辨出是吃音樂這行飯的人，還是想吃這行飯的人。他就沒有這樣的特質。

「你們自己找地方坐。」男子說。我坐在書桌的椅子上，少女則坐在高腳椅上。我們剛坐下，男子就站了起來，來到我們身前。我正提防著他要做什麼，他就退開幾步，膝蓋慢慢著地，換成跪坐姿勢。

對不起。

他說完這句話手放到地上，磕頭道歉。

「從某種角度來看，我鬆了一口氣。」他說：「吶，秋月，也許妳不相信，但是從那一天——從我害妳受傷的那一天起，我就一直活得擔心受怕，覺得有朝一日妳會來找我報仇。我忘不了妳從溜冰場上抬起來的臉上，那張沾滿了血和恨意的表情。當時我就想，啊啊，**這個女生有一天一定會來找我報仇**。」

他一瞬間抬起頭，看了看少女的臉色後，再度把額頭抵到地上。

「然後現在妳真的出現在我眼前，不祥的預感特別準，我大概馬上就會被妳殺了吧。可是，也多虧如此，明天以後我就不用再擔心受怕了，這樣也挺不壞的。」

少女以冰冷的眼神俯視著他的後腦杓。

「你要跟我說的話，就只有這些？」

「是啊，就只有這些。」他維持跪下磕頭的姿勢不動。

「那麼，就算被殺也沒關係了？」

「……不，等等，等一下。」他抬起頭來往後退。他一開始的應對態度，讓我覺得這個人很乾脆，但沒想到他這麼不甘願。「老實說，我還沒做好心理準備。而且秋月妳也想知道吧？為什麼我能夠預測妳會找上門來？」

「不就是電視新聞報導到嫌犯時提到了我的名字嗎？」少女立刻回答。

「不是。不管是哪一家媒體，都只報導了妳姊姊，還有藍原遭人刺殺的事情。」

藍原多半就是那個在餐廳工作的女子姓氏吧。

「有這些資訊應該就夠了吧？」少女說：「只要是當初待在那個班上的人，看到被殺的這兩個人的姓氏，應該都會立刻猜到凶手是我。而你認為如果凶手就是你想像中的那個人，下一個被盯上的就是自己。沒錯吧？」

「……也是啦，如同妳所說。」他的視線游移。

「所以呢，要說的都說完了。你不是沒打算抵抗嗎？」

「嗯，我不會抵抗。但是該怎麼說呢？相對地我有個條件。」

「條件？」我反問。我心想，這下可把事情弄得越來越複雜了。如果我們再繼續被他的步調牽著走，會不會很不妙？然而少女並不想打斷他，反而已經對他的說法表現出興趣。

「我想指定自己被殺的方式。」他豎起食指說道：「我打算現在就來談談這件事，可是在此之前，想先去泡杯咖啡……我練樂器怎麼練就是不會進步，不過只有咖啡硬是泡得很好。很奇怪吧。」

他站起來，走向廚房。男子駝背得很嚴重，看在旁人眼裡，也許我也是一樣。

他所謂「指定自己被殺的方式」到底是什麼意思呢？是單純指殺害的方式，還是要有更講究一點的情境呢？不管怎麼說，我們都沒有義務答應他。但如果只要答應他小小的請求，他就願意乖乖引頸就戮，這交易也還不壞。

廚房傳來熱水煮開的聲音。沒過多久，就飄來一陣甜美又芳香的氣味。

「對了，這邊這位戴墨鏡的大哥，是妳的保鏢嗎？」他從廚房這麼問道。

「我不想閒聊，請你盡快進入正題。」

少女以不耐煩的語氣說道，但他不放在心上，繼續說下去：

「我不知道你們是什麼關係，但是有個連殺人都願意奉陪的朋友，是很幸福的。我好羨慕啊。沒錯……小時候我就常聽別人說：『當自己忍不住要做壞事時，願意阻止的人才是真正的朋友。』但我不這麼認為。遇到緊要關頭就拋棄朋友，站到法律和道德那一邊的傢伙，要我怎麼信任他？我覺得當我忍不住要做壞事的時候，願意什麼都不說，和我一起變成壞人的傢伙，才是好朋友。」

他端了兩杯咖啡來，一杯遞給少女，另一杯遞給我。他說咖啡很燙，要小心。就在我雙手接住杯子的瞬間，頭部側面傳來劇烈的撞擊。

景色莫名地傾斜九十度。

我大概花了好幾分鐘，才弄清楚自己是被他打了。這一擊就是如此強烈。多半不是徒手，而是拿了什麼工具。我倒在地上的時候還是聽得見聲音，但腦子無法將接收到的聲音當成有意義的資訊來認知。眼睛仍然睜開，但就是無法順利成像。

當我恢復意識後，最先感受到的不是被打到的地方有多痛，而是潑在腳脛上的咖啡有多燙。一開始疼痛不是以痛的方式顯現出來，而像是一整團高深莫測的不快感衝擊而來。慢了半拍後，頭部側面才痛得像是要裂開。我用左手按住痛楚的來源，就有一股滑膩而溫熱的觸感。

我想站起來，但雙腳不聽使喚。他多半從一開始就打算這麼做。這個人城府很深，一直在等待我們透露出疏忽的瞬間。我自認有在提防，但當他將杯子交到我手上的那一刻，注意力完全集中在杯子上。我詛咒自己的大意。

不知不覺間墨鏡掉了，大概是被他打到的時候掉下來了吧。我努力將眼睛的焦距慢慢對準，模糊的景象開始連成清晰的影像，然後我才終於理解現在這一瞬間正在發生什麼事。

他壓在少女身上。本來應該插在他身上的剪刀，掉在離他們兩人很遠的位置。被按住雙手的少女拚命抵抗，但體格差異實在太大。

他兩眼充血地說：「我從國中時就盯上妳了。不過我萬萬沒想到機會會以這種方式來臨啊。妳自己呆呆送上門來，而且我還有正當防衛的權利。俗話說鴨子背著蔥自己上門讓人料理，就是這種情形吧。」

他的右手將少女的雙手按在她的頭頂上方，空著的手則揪住她的衣領，扯掉襯衫扣子。少女不死心，卯足全力掙扎。他放粗嗓子吼說：「不要吵。」毆打了少女的眼睛，兩次、三次、四次。

我心想，我要殺了他。

但我的腳不聽使喚地打結，讓我當場再度倒下。我心想，這是過著家裡蹲生活的害處啊。如果至少是在半年前，身體應該會靈活點。我發出的碰撞聲讓他回過頭來，他從我看不到的死角撿起一個東西，是一根黑得發亮的伸縮警棍。我剛才大概就是被他用這警棍暗算吧。準備得真周到。

少女想抓準這一瞬間的空檔撿起剪刀，警棍就朝她的膝蓋揮了下去。一聲悶響，一聲短短的尖叫聲。他確定少女不再動彈後，朝我走了過來。我試著站起而撐在地上的右手，被他用腳跟一腳踏扁，從中指或無名指，又或者兩者都有，傳來了一種像是把濕掉的竹筷折斷似的聲響。好幾百組的「好痛」兩字浮現在腦海中，除非先一一處理掉這些感覺，不然我根本無法展開行動。我冷汗直冒，喘得像條狗一樣。

「別來礙事，現在正精采呢。」

說完這句話，他就握緊警棍，一次又一次地打我。頭、脖子、肩膀、手臂、背部、胸部、側腹部，所有想得到的地方他都盯上了。每一棍都打得骨頭幾乎散掉，漸漸奪走我抵抗的氣力。

我漸漸地能夠客觀認知自身的痛楚。不是我在感受疼痛，而是我感覺到「我的身體感受到的痛楚」，隔了這麼一層緩衝來認知，讓這些痛楚變得事不關己。

他把警棍縮短後夾在腰帶上，腳仍然踏在我手上，並慢慢蹲了下來。看樣子他並不是打我打得膩了。

我感覺到小指與手掌的連接處，被一種堅硬冰冷的東西夾住。

當我理解到這種感覺意味著什麼的瞬間，冷汗就像瀑布一樣狂流。

「這剪刀磨得真利。」男子說。

他亢奮得就像內臟著了火似的。看來他已經陶醉在自己行使的暴力當中，再也無法自制了。人一旦陷入這種狀況，就不知道什麼叫做猶疑。而且他還處在一種即使多少動用一點暴力，也會被當成是正當防衛的立場。一旦有必要，相信他應該會將這個權利擴大解釋。

「你們打算用這玩意刺我？」

他喘著大氣說道，並向握著剪刀的手灌注了力道。利刃咬進我小指的肉，表皮被剪破的痛楚，讓我開始想像接下來的疼痛。腦海中浮現出小指與手掌分離後，就像菜蟲一樣掉到地上的光景。感覺像從高處往下掉，下半身虛脫。我在害怕。

「就算剪斷一、兩根殺人犯的手指，應該也不會有人在意吧。」

我心想，說不定真是這樣。

緊接著，男子把全身力氣灌注到握住剪刀的手上。

我聽到有東西陷進肉裡的聲響。劇痛從腦中竄過，彷彿腦子裡溢出像柏油一樣黏稠的純黑色液體，灌滿了全身。我拚命想擺脫，但手被他的腳像鉗子似地固定，根本動彈不了。視野有一半被黑色粒子填滿而變得陰暗，思考的水流靜止下來。

我心想一定被剪斷了，但小指仍未離開我的手掌。儘管肉被剪開，骨頭從傷口外露，血不斷湧出，但裁縫剪刀的刀刃並未剪斷骨頭。「剪刀終究剪不斷骨頭嗎？」他嘖了一聲。也許少女非常仔細地磨了剪刀尖端，但刀刃後半段則並未做太多保養。

剪刀上再度灌注了力道。小指的第二關節被剪傷，感覺得出刀刃陷進骨頭。痛楚讓腦子發麻，但這次不再是未知的痛楚，思考不因而停止。我咬緊牙關忍耐，從口袋裡拿出車鑰匙，讓鑰匙尖端從拳頭伸出，緊緊握住。他以為已經牽制住我的慣用手，卻不知道我是左撇子。

我以恨不得把自己被踏住的右手都一併刺穿的氣勢，將鑰匙往他腳上插下去。我使出的力氣大到連自己都嚇一跳。男子發出野獸般的吼叫聲往後跳開，他尚未伸手摸到腰帶上的警棍，就像腳踝被人絆倒似的失去平衡，倒地時重重撞到了後腦杓。這一來至少三秒內不會受到反擊。好了，輪到我了。我深深吸一口氣，暫時關掉想像力。重要的是捨棄一切的遲疑。接下來的這幾分鐘內，我不去想像對方的疼痛、不去想像對方的痛苦、不去想像對方的憤怒。

我騎到他身上，以恨不得打斷他所有門牙的力道揮拳過去，打個不停。骨頭隔著肉對撞的聲響，以一定的節奏在屋內響起。頭部側面與小指上的劇痛，讓我的怒氣火上加油。我的拳頭被他的血弄濕，打人的手越來越沒有知覺。那又怎麼樣？重要的是打個不停。重要的是不要遲疑、不要遲疑、不要遲疑。

不知不覺間，他不再抵抗了，我已經氣喘吁吁。我從他身上下來，正要去撿掉落在一旁的裁縫剪刀，卻發現一直握得很緊的左手麻痺不聽使喚。我只好彎下腰試著用右手去撿，但指尖發抖，讓我握都握不住。我拖拖拉拉了這麼一會兒，他就站起來，從背後踢倒我，剪刀從我手中掉落。

我奇蹟般地閃過轉身面向他的那一瞬間掃來的警棍，卻失去平衡，對下一次攻擊毫無招架之力。他踢出的一腳陷進我的腹部，讓我忘了呼吸，難受得流出口水之餘，還是抬起頭準備因應幾秒鐘內肯定會揮過來的警棍。幾乎就在同時，室內的時間靜止了。

我有這樣的感覺。

隔了幾拍後，他慢慢倒地。

少女拿著沾滿血的剪刀，以空洞的眼神俯視他。

也不知道他是想逃離少女，還是想向我求救，只見男子以吃奶的力氣慢慢爬向我。少女想追趕他，但似乎是被警棍打到的膝蓋一痛，發出小小的呻吟聲倒地。但她立刻抬起頭，用雙手爬行，好不容易追上了男子。

少女用雙手握住剪刀，卯足全力往他背上插下去。

一次又一次、一次又一次。

我們在牆壁很薄的公寓裡發出了這麼大的聲響，隨時都可能有警察趕來。但無論是我還是少女，都躺在他的屍體旁邊一動也不動。

不是疼痛與疲勞的問題，我們之所以躺著不動，是「打了勝仗」這種極為原始的成就感。無論是傷勢還是疲憊，在這種成就感之下都只是陪襯的綠葉。

上次得到這種充實的感覺是什麼時候了？我試著回溯記憶。但即使找遍了記憶的每一個角落，仍然找不到哪次經驗中得到的充實感能勝過此次。就連棒球校隊時代在準決賽中完美投出一球時，和我現在感受到的充實比起來，根本不值一提。

沒有任何要素讓我覺得掃興，我感受到自己活著。

「妳為什麼不『延後』？」我問：「我還以為妳遇到對自己不利的情況時，都會立刻把這些情況『延後』。」

「因為我沒能順利產生絕望。」少女回答：「如果是我一個人遭到攻擊，相信『延後』早已發動。可是，因為你在場，害我沒能完全放棄『還有辦法度過難關』的希望。」

「也是啦，事實上也真的度過了難關。」

「……你的手指還好嗎？」

少女以勉強聽得見的聲音這麼問道。也許是我的小指被她的剪刀剪傷，讓她因而覺得多少有些責任。

「沒事，」我笑著回答：「跟妳過去受的傷比起來，簡直和擦傷沒兩樣。」

嘴上雖然這麼說，但坦白說劇痛讓我隨時都有可能會昏倒。我朝差點被男子剪斷的手指仔細一看，真的幾乎要暈了過去。被剪刀剪得破破爛爛的這個部位，已經成了「很像手指的某種東西」。

我心想該動身了，便鞭策快要散掉的身體站起。不能一直耗在這裡，差不多得逃跑了。我撿起太陽眼鏡，邊小心不要碰到頭部側面受了傷的部位邊戴好。

我讓膝蓋受傷的少女靠在肩上，扶她走出了公寓。室外光線陰暗，相當寒冷，外頭的空氣就像雪山一樣有種清澈的氣味，和充滿血腥味的房間形成對比。

所幸一路走到停車場，都未遇到任何人。我一邊想著回去以後要沖個熱水澡，包紮完傷口就要好好睡上一覺，一邊從口袋拿出車鑰匙，插進鑰匙孔。但鑰匙插到一半就停住，沒辦法完全插進去。

我立刻猜到原因。我用鑰匙插在男子腳上時插到骨頭，讓鑰匙變了形。就算試著用力硬插，也試著把鑰匙放在輪擋上用力踩踏藉以恢復形狀，但都沒有效果。

無論是我，還是少女，衣服都沾滿了血，臉上也有醒目的瘀血與擦傷。我的手指到現在都還在滴血，少女的黑色褲襪也被扯得到處脫線。唯一不幸中的大幸，就是錢包和手機都收在外套內側的口袋裡，但我們總不能以這副德行叫計程車。換洗衣物還都放在後車箱裡。

我咒罵幾聲，踹了車子一腳。我用受到疼痛與寒冷侵蝕而像是罩著一層霧氣的腦子思索，最優先的事，就是非得想辦法處理我們這種太醒目的模樣才行。瘀血與傷痕不可能立刻治好，但至少也要想辦法把衣服換掉。不過就算去店裡買衣服，要是看到兩個渾身是血、傷痕累累的人來到店裡，店員肯定會報警。因為衣服的問題害我們沒有辦法買衣服。要去民宅偷晾的衣服嗎？不對，以這副德行走在住宅區的風險太高了……

這時我注意到遠方傳來了音樂。

一種很嚇人，卻又有些滑稽而開朗的曲子。

我想起了烘焙坊老闆說過的話。

『會有好幾百個人扮成各種模樣，在站前的商店街列隊遊行。』

今天有萬聖節的遊行。

我伸手到少女的臉上，把小指流出來的血擦到她臉頰上，畫出深紅色的曲線。少女立刻就猜到了我的目的，自己撕破襯衫袖子，用剪刀將襯衫的肩膀部分和裙襬亂剪一通。我也用剪刀在自己的襯衫衣領與牛仔褲上剪出缺口，用力撕開。

我們當場成了兩具活死人。

我們檢查彼此的模樣，完全符合我們的目的。多虧加上了這些多餘的破壞，讓傷痕與血跡看起來只像是廉價的特殊化妝。

模樣沒問題了，那麼關鍵就在於表情。

「妳聽好了，遇到別人時，要擺出一種『我們的模樣好笑得不得了』的表情。」

我說完擠出笑容給她看。

「……像這樣嗎？」

少女揚起嘴角，低調地微笑。

我的反應稍有遲緩，因為我一瞬間產生了錯覺，真心以為她對我笑了。

「嗯，完美。」我說。

我們走在一條通往大馬路的巷子裡，音樂越來越清楚。隨著我們離大馬路越近，喧嘩聲也無止境地增加，音樂大聲得幾乎撼動丹田。到處都可以聽見前導員用擴音器呼喊的聲音，還傳來一種烘焙甜點的氣味。

來到大馬路上，最先映入眼簾的是個臉色蒼白、身高很高的男子。他的嘴角帶有深紅色，和面無血色的臉孔形成鮮明的對比。臉頰瘦削、牙齦外露，眼睛埋在全黑的眼窩中，從捲髮的縫隙間精光暴露地瞪著我們。

我心想，這個人的扮裝真是精巧。牙齦男看到我們，似乎也有一樣的感想，揚起嘴角朝我們微笑，然後大大張開嘴。用筆在臉頰上畫得十分精細的牙齦與牙齒都跟著扭曲，一眼就看得出這些都是畫出來的。我也對他回以微笑。

我們一口氣就增添了自信，並開始光明正大地走在商店街上。許多人朝我們送來毫不客氣的視線，但都只是對精巧的扮裝表示好奇的眼神。四處傳來感嘆與讚賞的說話聲：「他們好逼真。」那當然了，畢竟這是真正的傷痕、真正的瘀傷，和真正的血。少女拖著受傷的腳，看在他們眼裡也成了演技。

扮裝隊伍在車道上行進。人行道上擠滿了參觀的遊客，想要前進幾公尺都得費上一番力氣，所以只能看到遊行情形當中的一小部分。這時，我分辨出一個二十人左右的團體，那是個以恐怖片為題材的扮裝集團。有吸血鬼德古拉、開膛手傑克、夜魔人、科學怪人、面具魔傑森、回魂小丑、瘋狂理髮師陶德、剪刀手愛德華、《鬼店》的雙胞胎……從舊到新的各種怪物齊聚一堂。由於化妝的緣故，我看不出精確的年齡，但這些人應該都只是二十幾或三十幾歲。有的扮裝逼真得幾可亂真，也有些扮裝只讓人覺得是在藐視原作。

路旁以等距離設有看似無窮無盡的傑克南瓜燈，從眼睛和嘴巴洩出蠟燭的光芒。兩棵行道樹之間拉起了仿蜘蛛網樣貌的繩網，垂掛著好幾隻巨大的蜘蛛。走在路上的小孩，有一半都拿著橘色的氣球、戴著黑色尖帽、披著披風。

「喂。」

有人往我肩膀上一拍，轉身一看，看到一名用繃帶包住臉的男子站在那裡。

我並未立刻拔腿就跑，因為總覺得這個嗓音不是第一次聽到。

男子掀開繃帶露出臉，是告訴我們萬聖節遊行的烘焙坊老闆。

「搞什麼，你們也真壞心。既然是來參加就直說嘛。」

老闆拍了拍我的肩膀說道。

「你不也是，之前明明也說得好像沒有要參加。」

「也是啦。」他有點不好意思地笑說：「你們已經去過列隊遊行了嗎？」

「是啊，你呢？」

「我也是早就出場過了。不過人數實在很誇張啊，我已經被踩到五次腳了。」

「去年也有這麼多人來參觀嗎？」

「不，今年特別多。鎮上的人也嚇了一跳。」

「本來萬聖節不會在日本紮根的說法已成定論了……」我環顧四周後說：「但是看到這種情形，就覺得未必是這樣呢。」

「這個國家的人民就是喜歡在匿名性很強的場合與他人交流啊。符合民族性。」

「請問這附近有二手衣店嗎？」少女插進談話說：「我把裝有換穿衣服的包包忘在列車上了，又不能穿這樣回去，所以想隨便買幾件衣服穿。雖然顏料已經乾掉，可是我還是不想用沾滿顏料的手去碰新衣服，所以最好是有二手衣店。」

「你們可真倒楣。」他一邊動著繃帶，一邊陷入沉思說著：「二手衣店啊？記得在對面那條有著拱廊頂蓋的商店街上，最裡面有一家。」

他指向我們背後。

少女微微向他一鞠躬，用力拉了拉我的袖子。

「你們趕時間嗎？」

「是啊，有朋友在等我們。」我回答。

「這樣啊。我本來還想跟你們多聊聊呢。」

老闆伸出包了繃帶的右手，想跟我握手。我想到手上有傷而有所遲疑，但還是用力握了握他的手。緊接著他就連我受傷的小指也一起用力回握，鮮血透進繃帶，但我咬緊牙關擠出笑容。少女也一副心不甘情不願的模樣和他握手。

商店街裡的人潮格外擁擠，我們花了將近十分鐘，才抵達只在幾十公尺外的二手衣店。那是一間每前進一步就會踏得地板咿呀作響、內部也很狹窄的店面。我們迅速挑好衣服丟進購物籃裡，拿到收銀機前。這次少女也不再煩惱該怎麼挑選了。

男店員戴了白色面具扮裝，似乎已經很習慣我們這種顧客了，還問說：「可以拍張照片嗎？」我隨便找個理由婉拒，同時拿出錢包，店員就說：「啊，萬聖節有半價折扣。」便更正了價格。看來這種折扣只提供給有扮裝的顧客。

我很想立刻就換上這些衣服，但在這之前必須先洗掉臉上與手腳上的血跡。最好的方法就是用多功能廁所，但走遍商場大樓與小型百貨店，每一間廁所都有人在使用，也許是扮裝者當成更衣室在用吧。

我走累了，一邊想著乾脆去買擦身體用的濕紙巾仔細擦拭好了，一邊抬起頭來一看，就在建築物之間看到了一座從國中校舍屋頂突起的大時鐘。

我們攀越鐵絲網，闖進校地。校舍後面走廊的洗手台旁圍繞著幾棵枯樹，四周也沒有燈光，最適合躲起來清洗身體。這個成了置物區的地方，散落著許多像是校慶留下的物品，例如舞台布景、布偶裝、布條、帳棚等等。

我脫掉襯衫，用冰得令人發麻的水弄濕手腳，把用罩網繫在水龍頭上的檸檬香味肥皂搓出泡沫，往血跡上用力擦洗。乾燥的血跡沒這麼容易洗掉，但我耐心持續擦洗了一會兒後，忽然就一口氣清洗得乾乾淨淨。肥皂泡泡滲進小指傷口造成劇痛。

往身旁一看，少女背對著我，正要脫掉制服上衣，露出她那留有燙傷痕跡的纖細肩膀。我趕緊撇開視線，也背對著少女脫掉T恤。沾濕的皮膚暴露在夜風中，讓我冷得牙關格格作響。我費力地將硬邦邦的肥皂搓出泡沫，抹到頸子和胸口，搓了一陣子後沖洗乾淨，再穿上二手衣店買的那件有著香木氣味的T恤。

最後剩下的問題就是頭髮了。沾在少女長髮上的血液已經完全凝固，用冷水多半洗不乾淨。我正思索該怎麼辦時，少女就從書包裡拿出裁縫剪刀。

我心想：「不會吧？」沒想到她就剪掉了一頭美麗的長髮，看起來剪短了將近二十公分。少女將留在手上的頭髮撒到寒冷的強風中。這些頭髮立即隨風融入黑暗，再也看不見了。

等我們換完衣服，已經全身從裡冷到外。少女將脖子埋進套頭毛衣中，我則把騎士皮夾克的拉鍊拉到最上面，發著抖走向車站。走到一半，少女說腳痛，我就背著她走。正當我在人潮中買著車票時，就聽到列車即將進站的廣播。我們小跑步跑過天橋樓梯，搭上發出耀眼燈光的列車。二十分鐘後我們下了車，在同一站買了自由座的車票，改搭新幹線。我們直接坐在車廂內的通道上，過了兩小時後下車，再改搭普通車。這時疲勞已經達到極限，坐到座位上不到三十秒就睡著了。

我感覺到肩膀上多了重量。不知不覺間，少女已經靠在我肩上睡著了，平靜的呼吸節奏傳了過來。我聞到一陣淡淡的甜香，覺得十分懷念。離目的地還很遠，應該也不必要叫醒她吧。為了讓她醒來時不用覺得尷尬，我再度閉上眼睛，假裝睡著。

我在快要打瞌睡之際，就聽到車上廣播報出熟悉的站名。我在少女耳邊輕聲說：「差不多要到囉。」閉著眼睛靠在我肩上的少女立刻回答：「我知道。」

她是什麼時候醒的？

結果直到列車開進車站、我們站起來的那一瞬間為止，少女都一直靠在我肩上。

我們抵達公寓時已是晚上十點多。少女先去淋浴，然後穿上那件她拿來當作睡衣穿的連帽衣，戴上帽子，吃了止痛藥後就鑽到床上。我也三兩下就走出浴室，換上睡衣，把ＯＫ繃貼到塗了凡士林的傷口上，喝水灌下比建議用量還多上一顆的止痛藥，躺到沙發上。

深夜，我被一陣聲響弄醒。

少女在一片漆黑當中，抱著雙膝坐在床上。

「妳睡不著嗎？」我問。

「如你所見。」

「膝蓋還會痛嗎？」

「痛是會痛，但不是什麼大不了的問題……該怎麼說呢，我想你也應該差不多看出來了吧，我是個軟腳蝦。」少女把下巴埋進膝蓋說道：「我一閉上眼睛，眼瞼下就會浮現那個男的身影。那個渾身是血的男人，騎在我身上，舉起了拳頭。我怕得睡不著……我很白痴吧？明明是個殺人魔還這樣。」

我尋找話語。尋找有什麼魔法般的話語，能夠除去她心中翻騰的不安與悲傷，為她帶來安眠。我盼望真有這樣的話語，但我對這樣的場面實在太生疏，也從不曾好好安慰過一個人。

時間到了。但從我口中說出的，是一句非常不機靈的話。

「要不要喝點小酒？」

少女靜靜抬起頭來，掀下帽子說：「……這主意不壞。」

我知道止痛藥和酒精最好不要一起服用，也知道酒精本身對傷口會有不好的影響。但是除此之外，我不知道任何能夠緩和少女痛苦的方法。我缺乏人生經驗，又欠缺關懷、體貼他人的愛心，和這樣的我能提供的安慰相比，酒精帶來的中樞神經抑制作用還要可靠多了。

我調了兩杯在用微波爐熱過的牛奶裡摻了白蘭地和蜂蜜的酒。遇到遲遲睡不著的寒冬夜晚，我常常調這種酒來喝。我走到客廳，遞給少女馬克杯時，突然想到之前那個男的也是透過遞出杯子讓我們大意，然後偷襲我。

少女從我手中接過馬克杯，朝冒著熱汽的牛奶吹氣，想快點吹涼。

「好喝。」

她喝了一口後喃喃道出這句話。

「我對酒沒什麼太好的回憶，但我喜歡這種酒。」

她很快喝光自己的那一杯，我要她把我這一杯也喝掉時，她也樂意地喝了。

由於只開著床頭櫃的檯燈，我遲遲沒發現少女醉得臉頰發紅。

我和她並肩坐在床上，無所事事地看著書架，少女就以有些口齒不清的嗓音說：

「你什麼都不懂。」

「嗯，我想妳說得大概沒錯。」我表示贊同。實際上也是如此，我的確完全不懂她是指什麼事情。

「……我認為這種時候你才應該要爭取加分，」少女看著自己的膝蓋說：「因為現在我難得需要安慰。」

「我就是在想安慰妳的方法。」我說：「可是，我不知道要怎麼安慰妳才好。我是殺了妳的元凶，不管我說什麼，都沒有說服力。不但沒有說服力，聽在妳耳裡更會變成冷嘲熱諷。」

少女站起來，將馬克杯放到桌上，用食指輕輕一彈，然後重新坐回床上。

「那麼，我就大發慈悲暫時忘了車禍的事，請你趁這個機會幫自己加分。」

看樣子她迫切需要我的安慰。

我決定做個有點大膽的賭注。

「我的方法有點怪，沒關係嗎？」

「是啊，你愛怎麼做就怎麼做。」

「妳敢發誓，在我說好之前一動也不動嗎？」

「我發誓。」

「妳不會後悔？」

「……大概。」

我在少女正前方跪下，從近距離觀察她膝蓋上令人心痛的瘀傷。起初紅腫的部分，現在已經變成有點泛紫色了。

我用手指在瘀傷周圍一摸，少女就全身一震。看得出少女的眼睛裡出現提防的神色。這樣一來，她應該就會全神貫注地專注在我手上的動作。

緊張的情緒漸漸高漲。我就像碰觸實際的傷口般小心翼翼，將手指一根一根地放到她的瘀傷上，最後整個手掌貼上去擋住了瘀傷。在這種狀況下，我只要微微用力，就能對她的膝蓋造成劇痛。這個選擇也很吸引人。

少女儘管害怕，卻遵守約定，沒有要動的跡象。她緊緊閉上嘴，觀望事態發展。相信對她來說，這段時間非常吊胃口。而我特意盡可能地將這樣的狀態維持更久。等緊張的情緒高漲到極致，我說出了那句話——

「不哭不哭，痛痛飛走吧。」

我將手從她的膝蓋上移開，往窗外一灑。

我正經八百地做完這個動作。

少女茫然看著我的臉。

我心想，好像搞砸了。

但短暫的沉默過後，少女嘻嘻笑了起來。

「你這是在做什麼呀？像個傻瓜一樣。」她按住嘴邊說道。但她的笑容當中並沒有嘲笑的意味。她笑得真心、由衷，又幸福。「又不是三歲小孩。」

「是啊，像個傻瓜一樣。」我也跟著笑著這麼說。

「害我嚇一跳，還想著你到底要對我怎麼樣呢。吊足了胃口，結果就只是這樣？」

少女全身放鬆下來，往後倒到床上，雙手遮住臉發笑。

等笑聲停止，她說：

「……不知道我的疼痛飛到哪裡去了呢？」

「飛到所有對妳不好的人身上去。」

「這麼好用。」

少女扭轉身體，磨蹭著爬起來。她笑過頭，笑得眼睛都濕了。

「請問，剛才那招，可以麻煩你再來一次嗎？」她說：「這次麻煩你處理一下我這個裝滿了可恨記憶的腦袋。」

「當然。要做幾次都行。」

我把手掌貼到閉起眼睛的少女頭上，再度念出那傻味十足、騙小孩的咒語。但光是這樣她還不滿足，她要我對解除「延後」而浮現出來的傷痕一一這麼做。於是我將她手掌上的刺傷、手臂與後背的燙傷、大腿的撕裂傷，以及眼睛下方的傷痕都撫慰完，少女就露出了安祥的表情，幾乎令我產生一種錯覺，以為她的疼痛真的都飛到天外去了。我心想，自己簡直成了個魔法師。

「我有一件事非得跟你道歉不可。」她說：「我說過：『我沒有要好的人、沒有照顧我的人，也沒有喜歡的男生或喜歡過的男生。』你還記得嗎？」

「記得。」

「那是騙你的。我曾經有過一個男生跟我很要好，也很照顧我，我非常喜歡他。」

「曾經啊。意思是現在沒有了？」

「是啊，從某種角度而言是這樣，而且還是我自己造成的。」

「……這話怎麼說？」

但她沒有要說下去的意思，露出覺得自己說太多的表情後搖搖頭。我心想，也沒有必要打破沙鍋問到底。放棄追問後，少女就說：「剛剛那招，我也幫你弄一下。」她說著並輕輕握住我的手腕，對包著ＯＫ繃的小指輕輕吹氣。

不哭不哭，痛痛飛走吧。

第7章　明智的選擇

落雷的聲響讓我醒來。我起身想看時鐘，立刻覺得全身四處都痛得要散開了，還有著劇烈的惡寒與頭痛。一種幾乎令我連動動手指頭都需要提振精神才辦得到的黏膩倦怠感籠罩住全身。

我記不太清楚，但總覺得又作了遊樂園的夢。也許人在受到了強烈的震撼後，就是會想陶醉在這種孩提時代的思鄉情懷中。這次夢中的我，也一樣被某個人牽著手。而且不知道是怎麼一回事，我們並肩走在遊樂園裡，和我們擦身而過的人都投來毫不客氣的目光。

是我們臉上沾到了什麼東西嗎？還是說我們待在這裡這件事很突兀？「算了，管他的。」我搖搖頭，還故意做給那些人看似的，用力拉了拉身邊這個人的手。

夢就在此中斷，一人樂團的音色還在耳邊繚繞。我忽然想到，說不定我並不是只作過兩、三次這個夢，因為似曾相識的感覺太過強烈。多半只是我忘記罷了，然而我在夢裡一直反覆來到這個地方。

我對遊樂園這樣的場所，可有著如此強烈的嚮往嗎？又或者遊樂園只是湊巧被選為我那不充實少年時代的象徵？

時針已經走到將近兩點的位置。從窗戶看到的天空被厚重的雲層遮住，陰暗得令人以為已經是夜晚，但時鐘指出的時間肯定不是凌晨，而是下午兩點。

「我好像睡了很久。」

少女將下巴放在交疊在桌上的雙手上看著我，點了點頭。她昨天的親切感已經消失，又變回了從前充滿火藥味的她。

我盥洗完畢，回到客廳問說：「今天要去找哪裡的誰復仇？」少女就倏地站起，手伸到我額頭上摸了摸。

「你發燒了吧？」

「啊啊，有一點點吧。不知道是不是感冒了。」

少女搖搖頭說：「遭到劇烈毆打就會發燒，我就常常這樣。」

「是嗎？」我用指尖摸了摸自己額頭的溫度。「可是妳放心，也沒嚴重到不能動。好了，今天我們該去哪裡才好？」

「那邊那張床。」

說完少女就推了我一把。腳步虛浮的我輕而易舉就被推倒，坐倒在床上。

「請你靜養到退燒為止，反正高燒不退的你也派不上用場。」

「就算這樣，至少還可以開車……」

「你打算開什麼車？」

聽她這麼一說，我才總算想起昨天我失去了車子。

「這種氣溫，又下這種豪雨，你拖著這樣的身體出去會昏倒的。反正大眾交通工具一定也沒怎麼能正常運作，現在乖乖待在這裡才比較明智。」

「妳無所謂嗎？」

「怎麼可能無所謂？可是，我不覺得有其他更好的選擇。」

她說得沒錯。現在我們能做的最明智的選擇，就是趁現在讓身體好好休息。我躺下來放鬆全身的力氣，少女就拉起細心折好放在我腳邊的毛毯，幫我蓋上。

「不好意思讓妳費心了。謝謝妳，秋月。」我不著痕跡地喚了她的姓。

「要感謝是你的自由，」少女轉身背對我說：「但等到我完成對第四個人的復仇，接下來就輪到你了。你可別忘記。」

「嗯，我知道。」

「還有，不要這樣叫我。我討厭自己的姓。」

「知道了。」

我本來還覺得這姓氏挺好聽的，不知道她是哪裡不滿意？

「那就好。我現在要去買早餐，還有沒有需要什麼東西？」

「大片的ＯＫ繃，還有退燒止痛藥。只是我覺得如果要出門，最好等雨小一點。」

「沒有人可以保證等了就會變小轉弱。不管是雨，還是其他任何東西。」

她這麼說完，就走出了房間。

不到一分鐘後，傳來開門的聲音。不知道她是不是有什麼東西忘了帶，然而走進來的不是少女，而是隔壁的藝大生。

「哇，真的耶，你臉色好糟。」她一和我面對面就這麼說。她穿著看起來很暖和的粗針毛衣，對比之下，從短褲露出的雙腿則顯得比平常更細。

「請妳至少按個門鈴。」我說。

「是那個女生拜託我來的耶。」她一副受到冤枉的表情說：「我在走廊上碰到她，打了個招呼，她就跑來求我說：『他發高燒，看起來很難受。』」

「妳在騙我吧？」

「嗯，騙你的。不過，她拜託我過來是真的。她還特地來到我房間，對我說：『我去買東西的時候，可以請妳幫我看著他嗎？』」

我思索了一會兒說：「這也是騙我的吧？」

「是真的啦。況且我怎麼可能主動找別人說話！」

藝大生從正面蹲低下來，仔細看著我的臉，然後將視線移到我從毛毯中露出的右手，發出「哇！」的一聲。

「你傷得好嚴重。那個女生也很嚴重，但是你更嚴重。你該不會全身都是傷吧？」

「嚴重的只有右手，剩下的都沒什麼大不了。」

「這樣啊。不管怎麼說，你右手的傷真的很嚴重。你等一下，我馬上回房間拿急救用的東西來。」

她慌忙跑出房間，又小跑步跑回來後，用剪刀解下被凝固的血固定住的ＯＫ繃，檢查我手指傷口的情形。

「傷口沖洗乾淨了嗎？」

「是啊，用流動的水洗得很乾淨。」

「我姑且還是問問，你有打算去醫院嗎？」

「沒有。」

「我想也是。」

她以熟練的動作處理我的傷口。

「妳技術真好。」我看著包紮好的傷口說道。

「因為以前我弟弟是個一天到晚受傷的孩子。常常我在房間裡看書，我弟弟就跑進來，自豪地把傷口秀給我看說：『姊姊，我受傷了。』每次我都會幫他包紮，雖然他從來沒有一次傷得像你這麼厲害。要是他看到，說不定會很羨慕你。」

她連我身上其他的傷都檢查完之後，說聲：「好了說吧。」

「你到底出了什麼事？」

「我們兩人形影不離地從樓梯上滾下去。」

「哼~？」藝大生懷疑地瞇起眼睛。「所以你們就弄得全身上下每一吋都撞出跌打傷，小指還多了兩個像是刀割出來的傷口？」

「就是這麼回事。」

藝大生默默往我小指上一拍。看到我被突如其來的劇痛弄得說不出話來，她就露出心滿意足的表情。

「那麼，有計劃再從樓梯滾下去嗎？」

「不是沒有。」

「這幾天有兩名女性遭人刺殺，和你們有關嗎？」

我的目光轉到少女放在桌上的裁縫剪刀，太大意了。但藝大生似乎並未發現我視線不自然地轉動。

我暗自誇她直覺敏銳。

「是喔，原來發生了這麼聳動的事情啊。我會小心。」

「真的跟你們無關吧？」

「是啊，很遺憾。」

「……這樣啊，真沒意思。」她說：「虧我本來還想說如果你就是殺了那兩個人的凶手，就要請你把我也殺了。」

「這話怎麼說？」我問。

「就是說，如果你就是凶手，我就會威脅你。我會說：『不管有什麼理由，我都不能坐視朋友做了壞事不管。我要告訴警方這件事。』然後就去派出所。而你想盡辦法要阻止我，但我的意志很堅定，你判斷要阻止我，唯一的方法就是殺了我，所以就像你殺了其他兩名女性一樣，用刀刺我。可喜可賀，可喜可賀。」

我立刻接著說：「我不是在問妳方法，是問妳為什麼就非得被殺不可。」

「這個問題就跟『妳為什麼非得活下去不可』差不多難啊。」她聳了聳肩說：「我本來以為你是屬於不想活下去的人，難道我猜錯了嗎？這幾天你的眼神變了，是因為從那個女生身上得到了活下去的意義嗎？」

我默默不語，玄關就傳來了聲響。看樣子是少女回來了。她提著購物袋回到客廳後，敏銳地察覺到房間裡瀰漫著淡淡的火藥味，而停下了腳步。

藝大生看看我，又看看少女，倏地站起來，牽起少女的手。

「嘿，我來幫妳剪頭髮吧。」藝大生用手指梳了梳少女腦後的頭髮，然後在我耳邊說：「不用擔心，我不會把她抓來吃的。」

「妳理髮的本事我是信得過，可是還請妳先確定她本人的意願吧。」我說。

「妳肯幫我剪頭髮？」少女睜大眼睛這麼問。

「嗯，包在我身上。」

「……這樣啊。謝謝妳，要多多麻煩妳了。」

要說信不信得過藝大生，老實說還挺難講的，但是到頭來我還是決定讓少女自己決定。我本來以為她是個根本不會為頭髮這種事花心思的女生，所以覺得很意外。雖然我很擔心藝大生會對少女做什麼，又或者對她說什麼，但相對地我卻很信賴藝大生剪頭髮的技術，所以也很期待看到會剪出什麼樣的髮型。無論是什麼，若有一樣東西能變得比以前更美，總是好事。

兩人的身影消失到隔壁房間後，我將少女提回來的購物袋裡裝的東西放進冰箱，接著把《Chaos and Creation in the Backyard》（註13）放進CD播放器，小聲地播放，然後又躺回床上。

儘管已經聽不見雷聲，但雨似乎下得更大了。水平掃來的強風，讓雨點將窗戶打得啪啪作響。我已經很久沒有像這樣獨處了。

我小時候體弱多病，平日午後常常像這樣看著天花板或窗外。請假不去上學而一個人度過的雨天午後，讓我覺得彷彿只有自己一個人被全世界丟下。我開始擔心起家門外的世界是不是早就終結，忍受不了過度的寂靜，跑去把家裡的電視、收音機、鬧鐘等各式各樣的機器全都打開。

現在的我已經知道世界沒這麼容易毀滅，所以不會去開響房間裡的所有機器。取而代之，我開始寫信。

雖然我自己都差點忘記，但追根究柢下來，這幾天發生的一連串事情，都是從我和霧子當筆友這件事開始的。都怪我主動斷絕了這段關係，卻還期望和她重逢，才導致我被迫去幫忙少女行凶，弄得像這樣渾身是傷地躺在床上。

雖然用這種說法也許會有語病——其實我不再和霧子當筆友後，仍然一直在寫信。要說這些信是寫給誰的，答案還是寫給霧子。只是頻率大概只有半年一次，而且寫好的信我也不會寄出。

有開心的事情時、有傷心的事情時、寂寞到不能自已時、所有一切都顯得空虛時，每當遇到這種時候，我就會為了讓精神安定下來，寫起無處可寄的信，還特地貼上郵票，收進抽屜。我有自覺，知道這種行為很反常，但除此之外我不知道有什麼方法可以安慰自己。

現在我就想在睽違許久後做這件事。我在桌上攤開信紙，握住鋼筆，並未特別去想文章內容，但一寫起這幾天發生的事情，手就再也停不下來。我酒醉駕車撞到人；理應

註13：前披頭四樂團及羽翼合唱團成員保羅．麥卡尼（James Paul McCartney，1942~）2005年發行的搖滾專輯。

死去的少女毫髮無傷地站在我眼前；「延後」的能力；被迫幫忙她復仇；少女毫不猶豫用裁縫剪刀刺殺復仇對象；每次她都十分抗拒，因而腳軟、嘔吐或深夜睡不著；對第二個對象報仇完畢後，我們還特地留在凶殺現場打保齡球、吃飯；遭到第三個復仇對象痛烈反擊的情形；多虧萬聖節遊行才讓我們儘管全身濺到血卻沒引起別人懷疑。

「追根究柢，要不是我動了想見妳的念頭，就不會落到這種下場了。」

我這麼結尾後，就去陽台抽一根菸，然後又回到床上，睡了個午覺。雖然外面是暴風雨，但我這個下午過得非常平靜，甚至有種莊嚴神聖的感覺。

要是少女並未將車禍「延後」，不知道我現在是什麼情形？之前我刻意不去想這件事，但獨自待在房間裡躺著不動，就無法不去思索現實面的問題。

如果車禍發生後我立刻去自首，那麼從我遭到逮捕到今天，已經過了四天以上，相信刑警與檢察官的偵訊都已經結束，正在法院進行羈押審問的準備，再不然就是這個部分也都結束，我已經躺在拘留所的榻榻米上看著天花板。

不過這個預測還算比較樂觀。在「延後」解除的世界裡，我也可能早已自殺。說不定我在撞死少女的時候，就已經放棄了人生，隨便找棵合適的樹就上吊自殺了。

我能夠輕易想像出這樣的光景。我把脖子套進吊頸繩結，花了幾秒鐘馳騁過往之後，被這種回想所帶來的空虛感推了一把，將椅子一腳踢開。樹枝被拉得變形。

很多人認為自殺需要勇氣，但我認為這是並未深入思考自殺的是非對錯之人才會有的想法。像「有勇氣自殺的話，不如拿去用在其他地方」這種話，簡直是大錯特錯。自殺需要的不是勇氣，需要的只有小小的絕望，以及短暫的錯亂而已。短短一、兩秒的錯亂，就能夠讓自殺成立。而且人不是因為有赴死的勇氣才自殺，是因為沒有活下去的勇氣才會自殺。

我會在拘留所，還是樹枝下（又或者是火葬場）。不管是哪一種，都令人越想越悶。像這樣躺在柔軟的床上，聽自己喜歡的音樂，簡直是一種奇蹟。

CD已經放到第二輪。我隨著保羅・麥卡尼唱的〈Jenny Wren〉吹起了口哨。

雨下了一整天。

下午六點左右，我覺得肚子餓了而起床。仔細想想，今天都沒吃什麼像樣的東西。我到廚房，把少女買回來的金寶湯牌罐頭雞汁麵倒進單手鍋，加水後開火。少女正好就在這時回來了。

她那頭先前會讓人覺得沉甸甸的長髮，剪齊到肩頸交會處的高度。幾乎完全遮住眼睛的瀏海，則保留了足以讓眼睛底下的傷痕不醒目的長度，給人的感覺變得十分輕盈。我對藝大生的理髮技術之高竿再度深深佩服。

少女一看到我就說：「這種事我來做，你去躺著。」把我趕到客廳去。我注意到少女臉上的傷痕消失了。本來還以為是她「延後」了，但其實沒什麼大不了，多半就是藝大生用化妝掩蓋過去了吧。

「她有沒有對妳說什麼奇怪的話？」我問。

「沒有，她對我很親切。看起來不像什麼壞人，雖然房間亂了點。」

我本想解釋說那不是亂，但對她說這些也沒用，所以就不說了。

「她的技術很實在吧？我也曾經請她剪過一次，比技術不好的美髮師高竿多了。她說自己本來就討厭去美髮院討厭得要死，或者應該說對美髮師這種人怕得要死，只好自己剪頭髮，結果不知不覺間技術就練得這麼好了。」

「不要閒聊了。你不好好休息，高燒就不會退。」

幾分鐘後，少女端著裝了湯麵的杯子走了過來。我說聲「不好意思」伸手去接，少女就揮開我的手。

「張開嘴。」

她說得一臉正經。

「也不用做到這種地步……」

「別說那麼多了，你的手不是受傷了嗎？」

我還來不及解釋我受傷的是右手，慣用手好端端的，少女就把湯匙伸到我嘴邊。我心不甘情不願地張開嘴，湯匙就伸了進來。既不是燙到會燙傷，也不是難吃到讓人想吐出來。這一湯匙的雞汁麵極為安全且恰巧入口，反而讓我不安起來。

「會不會燙？」少女問。「一點點。」我一這麼回答，她就用湯匙舀起下一口，先用嘴連連吹氣，吹涼了才送到我嘴邊。這次是適溫。湯匙從口中被抽出去。嚼一嚼，吞下。「那麼，下一個復仇對象……」我話說到一半，湯匙又插進嘴裡。嚼一嚼，吞下。

「請你乖乖吃，不要說話。」少女這麼說。嚼一嚼，吞下。

一想到我現在正受到因為自己的疏忽而殺死的人照護，就覺得無地自容。

「……我啊，果然不適合做這種事吧？」

我一吃完湯麵，少女就這麼說。

「不，我覺得妳挺會的。」

我不解地這麼一回答，少女就歪了歪頭納悶。

「你是不是誤會什麼了？我是指復仇。」

「啊啊，是這件事啊。我還以為妳是指照護傷患呢。」

少女低下頭，仔細看了看見底的杯子。

「……坦白說，下一次的復仇讓我怕得不得了。」

「不管是誰都一樣，誰都不敢殺人。並不是妳特別膽小。」我鼓勵她：「而且妳都已經殺了三個人，應該不至於『不適合』吧？」

少女緩緩搖頭。

「我覺得就是因為殺了三個人，讓我再也撐不下去了。」

「這麼喪氣啊？那麼，妳就不要再復仇，忘了仇恨，馬馬虎虎地平靜過完剩下的日子，怎麼樣？」

我說這句話是要激她，沒想到少女似乎坦然接受了這句話。

「……說實在地，這樣多半才是最明智的選擇吧。」

你說得沒錯，復仇沒有意義。

她小聲地加上這句話。

十一月一日，從少女死亡車禍算起的第六天早上，算來已經過了十天期限的中點。然而即使到了早上，少女始終沒有要行動的跡象。我的高燒已經退了，天氣也轉變成小雨，但最關鍵的少女本人，卻一吃完早餐就鑽到床上，用毯子蒙頭躺著。

「我身體不舒服，」她說：「暫時沒辦法行動。」

這怎麼看都是裝病。她本人似乎也無意遮掩，我就開門見山地問問看：

「妳不再復仇了嗎？」

「……沒有這回事。我只是身體不舒服，請你不要管我。」

「這樣啊。要是妳改變心意，隨時跟我說。」

我坐到沙發上，從散在地上的音樂雜誌中隨手拿起一本，翻到訪談報導，文中訪問的是一個連名字都沒聽過的樂手。報導內容不重要，在這種狀況下，我根本不可能放鬆下來好好看一篇文章。

等我看完長達五頁的訪談，又從頭看了一次，我試著去數「pathetic（可悲的）」這個單字在整篇報導中用的次數。總計二十一次實在太多了，而且認真去數的我也很白痴。難道就沒有其他事情可做嗎？

少女從毯子裡探出頭。

「請問，可以請你暫時去別的地方走走嗎？我想一個人靜一靜。」

「知道了。妳說暫時，大概要多久？」

「至少也要五、六個小時。」

「有什麼事馬上聯絡我。公寓外面就有公共電話，不然去隔壁房間找藝大生借，我想她也會爽快地答應。」

「知道了。」

由於沒有雨傘，我戴上軍裝大衣的帽子，還不忘戴上太陽眼鏡，然後走出公寓。如霧氣般的雨水慢慢透進大衣，路上的車都開了霧燈，小心翼翼地行駛。

我漫無目的地走到公車站牌下，搭上了一班晚了十二分鐘抵達的公車。車上十分擁擠，淤積出一種由各式各樣的體味混成的臭味。公車劇烈搖動，雙腳肌力極度衰退的我，好幾次差點失去平衡。斜前方灰濛濛的車窗上，留著內容下流的稚氣字跡。

我在鬧區下車看看，但完全沒想好要怎麼在這裡度過五個小時。我走進一家咖啡館，試著邊喝咖啡邊思考，但還是想不出什麼好主意。

仔細想想，不管我接下來要做什麼，都對「延後」解除之後的世界中的我沒有影響。本來這個時候，我應該待在拘留所，再不然就是早就掛了。無論我從現在起做了多少善事，或是做出多少壞事，無論如何揮霍金錢，也無論過得如何不健康，一旦少女死去，這一切都將一筆勾消。我處在最極致的自由當中。

我心想，要做什麼都行。在這樣的前提下自問：「我想做什麼？」但我沒有答案。我沒有想做的事、沒有想去的地方，也沒有想得到的東西。

我活到今天到底有什麼樂趣？電影、音樂、閱讀……我對這每一項嗜好所抱持的關心都高於常人許多，然而相對地，我並未對任何一項事物投注熱忱到沒有它就活不下去的地步。

我之所以喜歡這些娛樂，是因為起初懷抱著一種期待，期待這些東西也許能夠彌補我心中無邊無際的空虛。這些年來我強忍睡意、忍受無聊，就像吞下苦藥似地鑑賞無數部作品。但到頭來透過這些努力所得到的，也就只有與自己心中空虛的廣度與深度有關的知識而已。

先前我一直以為人心中的空虛，指的是一種並未以該有的東西來填滿的空間。但是最近，我的這種認知改變了。空虛是一種不管丟進多少東西，都會立刻消滅的空間。一種甚至不能用零來稱呼，而是一種絕對的無。我開始認為自己心中有著這樣的無，想彌補也無濟於事。除了在這空虛的外圍築起高牆，極力不去碰觸之外，別無方法。

自從察覺這件事以來，我的興趣就從「填洞」轉移到了「築牆」方面。比起內省性的作品，我開始更加偏愛單純追求美感與快感的作品。雖然我也不是能夠由衷欣賞美感與快感，但總比被迫面對內心的空虛要好。

不過，處在這種說不定再過幾天就會死的狀態下，我實在沒有心情去築牆。有沒有什麼東西能夠讓我像小孩子玩新玩具一樣，更樸拙地樂在其中呢？我提早吃了午餐，尋求能讓心靈雀躍的事物而在鬧區中閒逛，馬路對面人行道上的一群大學生映入眼簾，這些人我很眼熟，是系上的同學。

我數了數，大概有七成以上的同學都在這裡。我針對這到底是什麼集會思索了一會兒，得出的結論是，多半是為了畢業專題研究的期中報告過關而開的慶功宴。已經來到了這樣的時期啦。

每個人都一臉像是達成了目標而神清氣爽地相視而笑，沒有一個人注意到我。說不定他們早就忘了我的長相。我停下腳步時，他們的時間仍然一步步地往前進；我過著一成不變的日子時，他們每天都在累積各式各樣的經驗而成長。

面臨如此決定性、令人意識到孤獨的光景，我卻不怎麼有受傷的感覺，這大概就是我最本質的問題所在了。我從以前就是這樣，如果這種時候，我能和正常人一樣覺得受傷，相信人生應該已經變得比現在更豐足一些了。

比方說，高中三年級的時候，我對一個女生有點意思。這個女生算是比較沉默寡言，喜歡拍照。她總是在口袋裡放了一台復古的玩具相機，專挑別人無法理解且毫無脈絡的時機點按下快門。她似乎擁有一台耐用的單眼相機，但她說：「這種相機像是在威嚇別人，我不喜歡。」所以不怎麼愛用。

她不時會挑我當拍攝對象。我問她理由，得到的答案是：「因為你是個跟低彩度照片很搭的拍攝對象。」

「我聽不懂，不過聽起來不是在誇我。」我說。

「嗯，不是在誇你。」她點點頭又說：「可是，拍你讓我很開心。就像在拍不愛理人的貓。」

隨著夏天結束，攝影比賽將近，她就帶著我在街上到處走。我們大部分去的地方，都是些長滿雜草的公園、寬廣的伐木場遺址、一天開過的列車不到十班的無人車站、有著成排廢棄公車的廢車保管場之類蕭瑟的場所。她讓我坐在這些地方，一次又一次地按下快門。

起初我對於讓自己的身影半永久留存下來這回事，還覺得很難為情，但自從知道她只是以藝術的觀點來看待照片之後，就不再有所抗拒。只是該怎麼說呢？看著她將拍到我身影的照片珍而重之地歸檔，老實說我多少心動了。每當拍到好照片，她就會對我露出在教室裡不會展露出來的孩子氣表情。一想到只有我知道她有這樣的表情，就覺得滿心自豪。

在一個秋高氣爽的星期六，我聽說她拍的照片在比賽中得獎，特地跑了一趟展示這張照片的會場。看到拍到我的照片被展示在藝廊裡，我想下次見到那個女生，至少要請她吃頓飯。

巧的是就在我回家路上去的一間雜貨店裡，我看到了她。她身旁有個男生，是個打扮時髦、頭髮染成咖啡色的大學生。

她強硬要求和這個男生勾著手，男方則一臉拿她沒轍的樣子接受。她露出一種我不曾看過的表情。我佩服地心想，原來如此，原來她有這種表情啊。

我看著他們兩人躲在不醒目的地方接吻，然後離開了這間店。

比賽結束，後來她不再找我說話。而我也不是那麼喜歡在不透過相機這個媒介的情形下和她說話，所以也不會想主動找她說話。我和她之間這段有點另類的關係，就這麼結束了。

當時我也幾乎完全沒有受傷的感覺。我本來以為只是自覺不夠，要等到之後才會覺得痛，然而這種情形也並未發生。這和所謂「提得起、放得下」又不太一樣。驚人的是，我看著她身邊的男生，絲毫沒有感覺到嫉妒或羨慕之類的情緒，甚至覺得麻煩。相信我應該是從一開始，就並未真心想將她占為己有。

或許別人會說這是一種「酸葡萄心理」，說我只是因為什麼都得不到，才假裝什麼都不想要。如果真是這樣，不知道該有多好？我只盼望真的只是我沒自覺，其實慾望仍在內心深處滾燙冒泡，隨時都會噴出火來。但無論我怎麼在心中搜尋，卻連一點痕跡都找不到，只有飄著霉味的灰色空間無窮無盡地延續下去。

到頭來，我就是一個沒辦法去追求任何事物的人。早在我未留任何印象的從前，就已經失去了這種能力。說不定我從一開始就未具備這樣的機能。唯一的例外就是我與霧子的關係，但如今這段關係也已斷得乾乾淨淨，再也無法在自己身上找出任何用處。

我該拿這身皮囊怎麼辦？

我走進巷子，走下一處又窄又陡的樓梯。以前進藤和我成天泡在這間電玩遊樂中心裡。從褪色的招牌不難想像，這裡只有老舊得從我出生前就在用的機台，很難說這家店適合年輕人。到處貼著膠帶的兌幣機、滿是煤灰的菸灰缸、曬黃的海報、四處磨損的機台上粗糙的畫面與廉價的電子聲響。這種應該早就完成使命，卻被予以延命治療而排列在這裡的光景，讓我聯想到寬廣的病房，不，說是太平間也許比較接近。

「我想我之所以喜歡來這種無聊的地方，」進藤曾說：「是因為這裡沒有一樣東西會催促我。」

我也是為了同一個理由，非常中意這家電玩遊樂中心。

我有幾個月沒來這家店了。站到自動門前，但不管等了幾秒，門就是不開。

一旁的牆上貼著一張紙。

「本店將於九月三十日結束營業，由衷感謝各位顧客多年來的支持與愛護。（另，九月三十日的打烊時間為晚上九點）」

我在樓梯上坐下來，點了一根菸。也不知道是不是有人把菸灰缸裡的菸灰倒在這裡，四周散落著幾百根被踩扁的菸蒂。只剩咖啡色濾嘴的菸蒂，就像因淋雨而生鏽的彈殼一樣。

這麼一來我真的再也找不到地方去了。我走出鬧區，隨便找一座公園進去，找到一張沒有靠背的木製長椅後，拍拍上頭積的落葉，也不管旁人的眼光，當場就躺了下去。

天空罩著一層厚重的雲，火紅的楓葉緩緩飄落，我用左手抓住了楓葉。將落葉放到胸口，閉上眼睛傾聽公園內的聲音。寒冷的風聲、新的落葉飄到舊枯葉堆上發出的聲音、鳥叫聲、用手套接住軟式棒球的聲音。

一陣格外強勁的風吹過，好幾片紅色或黃色的落葉落到我身上。我心想，我一步也不想再走了，乾脆就這麼被落葉埋住也不錯。

這就是我的人生。一段從不追求、從不曾讓靈魂燃燒，而是任它悶燒、腐朽的人生。但目前的情形還不容我說這是一場悲劇。

我買完東西回到公寓後的時間，比少女指定的時間要早了一些。我背著二十公斤以上的攜行袋走了將近一小時，所以全身是汗。少女看到我放到客廳地上的這個袋子，拿下從枕邊的ＣＤ播放器延伸出來的耳機，問我說：「這是什麼？」

「是電子琴。」我一邊擦汗一邊回答：「因為我想到待在房間裡也很無聊。」

「我可不彈，我已經不練琴了。」

「這樣啊。那我白買了。」我聳聳肩說：「妳後來有吃什麼東西嗎？」

「我沒吃東西。」

「最好還是吃點東西，我馬上準備。」

我到廚房，把昨天少女餵我吃的那種罐頭雞汁麵加熱。本來坐在床上看著窗外的少女，這時交互看著遞到眼前的湯匙和我，掙扎了五秒後，才難為情地張開口。看她昨天那麼熟練，我還以為她對這種事完全不會抗拒，但看來當她處在受人看護的立場，就是另一回事了。我將湯匙送到她嘴裡後，她就閉上那有點薄、卻看似很柔嫩的嘴唇。

「我跟你說，我才不彈琴，」少女吞下第一口後說：「而且我身體不舒服。」

「我知道。妳不彈琴。」

我遞出第二口。

但一小時之後，少女已經坐在電子琴前。看來是聽到我在一旁試著各式各樣的音色，讓她再也按捺不住。

我將電子琴放在床前，少女的手指就輕輕放到鍵盤上。她閉著眼睛，細細品味這種氛圍一會兒後，以細膩得無以復加的指法彈了《哈農鋼琴練指法》中特別重要的幾首，讓手指熱身。她彈奏的音量隔壁房間應該也會聽到，但藝大生對這類高雅音色的寬容度高得嚇人，所以不成問題。

我的耳朵不算太精，但仍聽得出她的左手有著致命的缺陷。正因為右手的指法如此美妙，更讓缺陷明顯到殘酷的地步。相信她那因刺傷而麻痺的左手，感覺就像戴著皮手套一樣。她自己似乎也很在意這一點，不時會忿忿地瞪著那不聽使喚的左手。

「很糟糕吧？」少女說：「在受傷之前，鋼琴還是我唯一的長處，現在卻弄成這副德行，感覺像是換成了別人的手似的。我只演奏得出這種聽的人和彈的人，都會感到不愉快的音樂。」

等到左手彈錯第三次，少女停止了演奏。

「那麼，要不要乾脆真的換上別人的左手？」我說。

「……什麼意思？」

我坐到少女身旁，左手放到鍵盤上。

少女狐疑地看我一眼，露出「也無所謂啦」的表情，開始只用右手彈奏。所幸她彈的是連我也知道的名曲，是蕭邦的前奏曲第十五號。從第三小節開始，我也加入了演奏。雖然我已經十幾年沒彈琴，但電子琴的鍵盤比平台鋼琴輕，讓我的手指動得還算靈活。

「原來你會彈琴啊？」她說。

「只是學學樣子，小時候學過一點。」

右手受傷的我，和左手麻痺的少女，互相彌補彼此欠缺的手。

演奏在出乎意料之外的短時間內就開始互相吻合。彈到第二十八小節而變調後，少女為了伸手來彈低音琴鍵，將肩膀靠了過來。這種感覺讓我想起了她前天在列車上靠到我身上時的情形。由於今天她沒穿外套，讓我更能明確感受到她的體溫。

「妳不是身體不舒服嗎？」我問。

「我好了。」

她彈奏出來的音色與冷漠的口氣形成鮮明的對比，始終與我的音色親密交纏。

我們彈彈這首、彈彈那首，轉眼間三個小時就過去了。我們彼此都開始顯露出疲憊，於是彈起比吉斯（註14）的《Spicks and Specks》來讓情緒冷卻後，就關掉了電子琴的電源。

「彈得還高興嗎？」我問。

「是有消遣到。」少女回答。

我們徒步去附近的一間家庭餐廳，吃了晚餐。回到公寓後，調好白蘭地加牛奶，邊聽廣播邊喝，這天我們兩人都提早就寢。

結果這一整天，少女一次都不曾提起復仇的事。

我心想，也許她會放棄復仇。雖然她本人說得好像還要繼續下去，但多半只是在逞強。她的真心應該再也不想殺任何人了。強忍恐懼殺了人之後，等著她的是令她腳軟的恐懼、令她嘔吐的不舒服，以及罪惡感造成的失眠，而且也可能像前天那樣遭到意料之外的反擊。如今她已經切身感受到復仇是多麼沒有意義。

相信今天對少女來說，是非常平靜的一天。她戴著耳機，躺在床上，蓋著毛毯，聽了一整天的音樂，盡情彈了電子琴，出門外食，喝了白蘭地回到床上。相信在她的整個人生當中，如此和平的一天並不多見。

我心想，但願少女會中意這樣的生活；但願她會將復仇之類的念頭忘掉，直到「延後」效力到期的那一天為止，如同今天，去追逐一些雖然渺小卻是確切的幸福。像是買買衣服、聽聽音樂、彈彈電子琴，偶爾去娛樂設施玩玩，吃些好吃的東西。這樣一來，她就不用再嚇得腳軟、嘔吐或遭人毆打，我也或許不必再繼續奉陪她殺人，而且也不必當第五個復仇對象而「遭到同樣的下場」。

有沒有辦法引導少女走向放棄復仇之路呢？電子琴是個相當不錯的點子。除此之

註14：來自澳洲的三人兄弟樂團組合。曲風跨越多個音樂流派，將搖滾樂、迪斯可、R&B融為一體。

外，她還有沒有什麼喜歡的事情？去和隔壁的藝大生商量如何？我仰望天花板，發呆想著這些事情，白蘭地的後勁就慢慢上來，讓我的眼瞼自然越垂越低。

睡覺的時候，腦子仍繼續思考。

我忽略了一件事。

例如這幾天來，我一直覺得不對勁的真正理由。

這種不對勁的感覺達到最高峰，是在昨天聽到少女說出的那句話時。

『你說得沒錯，復仇沒有意義。』

照理說我應該一直在等這句話。少女對復仇變得消極，對我而言應該是可喜的事。

照理說應該是這樣。

那麼我為什麼會感受到如此強烈的失望呢？

這個問題的答案比我想像得更快得出。多半是我不想從她口中聽到喪氣話，不希望她這麼乾脆就否定自己先前所做的種種，不希望她輕易捨棄先前那麼劇烈的熱忱與激情。成了憤怒化身的她，令我心生嚮往。

然而我聽到一個聲音在問，真的就只是這樣嗎？

我回答，就只是這樣。我從少女身上感受到一種從自己體內絕對不會湧起的強烈熱忱，我想要一直接觸這樣的熱忱。

有個聲音說，不對啊，這只不過是後來硬加的解釋。你的失望，是發端於更單純的理由。不要欺騙自己。

無計可施的我，聽見一聲嘆息聲。

也對，我就給你一個提示。這是第一次，也是最後一次。要是這樣還聽不懂，大概我說什麼都沒用了吧。

我只說一次。

「你感覺到的『熱忱』，**真的只是從她身上發出來的嗎？**」

完畢。

我閉上眼睛，重新思索。

也不知道哪兒飄來一陣令我懷念的花香。

我感謝進藤。

我察覺到了之所以覺得不對勁的真正理由。

我在深夜彈起上身，心臟在暴動。從喉嚨深處上衝的不是想吐的感覺，而是想立刻大喊出聲的衝動。

我的腦子無比清醒，簡直像是從十幾年的沉眠中醒過來。我起身時踩到CD盒，聽見破裂的聲響，但現在不是在意這種小事的時候了。我在流理台倒了一杯自來水，一口氣喝完，回到客廳開了燈，搖醒了把毯子蓋到嘴巴高度正在熟睡的少女。

「有什麼事啊？都這麼晚了。」少女微微睜開眼睛看了看枕邊的時鐘後，就像要躲開燈光似地蓋上了毯子。

「我們去執行下一場復仇吧。」我拉走毯子說：「沒有時間了，快起來準備。」

少女把被拉走的毛毯又拉了回去，用雙手緊緊抱住並說：「等早上再準備不就可以了嗎？」

「不行，」我搶著插話：「非得現在動身不可。我覺得等到了明天，妳就不再是復仇者了。我不喜歡這樣。」

少女翻了個身，背對我。

「……我不懂為什麼你這麼熱中。」她說：「我不再是復仇者，就很多方面來說，不是對你比較有利嗎？」

「我本來也這麼認為。可是沒有行動的這兩天，讓我改變了想法，也許說是我注意到了自己的真心會比較正確。說穿了就是這麼回事，我希望妳當個冷酷無情的復仇者，不希望妳做出什麼明智的選擇。」

「你說的話和以前完全相反吧。之前你明明不是說復仇沒有意義嗎？」

「那麼久以前的事情我早忘了。」

「而且，」少女縮起背，更加用力抱緊毯子說道：「等殺害了下一個復仇對象後，接下來就輪到你了耶？」

「嗯。可是，那又如何？」

「怎麼說呢，你不惜做到這個地步，也想討好我嗎？」

「不，這跟『加分』無關。」

「那麼，你應該是腦子有毛病了吧？」少女以撂狠話的口氣又說：「我要睡了。請你也去睡，讓腦袋冷靜冷靜。等到早上，你心情鎮定下來，我們再針對這件事討論……麻煩你關燈。」

我思索著要如何解釋才能讓她明白。

我在沙發上坐下，等待貼切的話語浮上心頭。

「仔細想想，從妳對第一個人復仇的時候，就有了預兆。」

我慎重地交織出話語。

「妳殺了她時，不就腳軟了，沒辦法走動嗎？老實說，當時我就在想：『這個殺人魔怎麼會這麼懦弱？』……可是仔細一想，有毛病的不是妳，而是我。妳的反應很正常，我的反應才反常。親眼見到人死，為什麼還能那麼冷靜？即使沒嚇到腳軟，至少也該有些不安得晚上睡不著覺的反應才對。」

少女什麼話也沒說，似乎在專心聽我說話。

「對第二個人復仇結束後，我還是沒產生厭惡感或罪惡感，始終好端端的。相對地，我感覺到心中湧起了一種從未體驗過的、來歷不明的感情。相信正是這種感情，蓋過了我對殺人的負面印象。等到完成對第三個人的復仇時，我已經幾乎察覺出這種感情是什麼了。可是，我一直到剛剛才確實有了自覺。」

少女聽得不耐煩似地坐起來，不解地說：

「你到底在說什麼？」

我在說什麼？

我說的是戀愛。

「我想，我喜歡上妳了。」

要讓世界凍結，這句話就足夠了。

空氣從整個房間的所有縫隙中溜走，一種真空的寂靜來臨。

「……你說什麼？」

漫長的沉默過後，少女總算發出聲。

「我知道自己沒有這種權利，也知道我是最不配有這種心情的人。我都覺得厚臉皮也該有個限度，畢竟我是奪走妳生命的人。這些我都知道，但我還是要說，**我似乎喜歡上妳了**。」

「聽得莫名其妙。」少女低著頭，連連搖頭說：「你睡昏頭了嗎？」

「正好相反。我這二十二年都睡昏頭，事到如今才清醒過來。實在太遲了點啊。」

「從頭到尾我都不懂，你為什麼就非得喜歡上我不可？」

「妳第一次在我眼前殺了人的時候，」我說：「看到妳制服襯衫濺到對方的血，拿著行凶用的剪刀俯瞰屍體的模樣，我就想：『啊啊，她好美。』……起初我根本沒注意到自己懷抱著這樣的感情，可是現在我察覺到了，察覺到這是我人生中空前絕後的重大事件。仔細想想，迷戀上一個人，是我這輩子第一次的經驗。我這個人應該早就已經放棄許願或祈求了，但當時我卻覺得：『好想再次見證那個瞬間。』妳復仇的模樣，就是美得這麼震懾住我。」

「你不要隨口胡扯。」

少女把枕頭朝我扔來，但我接住，然後放手讓枕頭落到地上。

「你還不就是想藉此討好我，幫自己加分嗎？我不會上當。」少女瞪著我說：「我看不順眼，這是我最討厭的手法。」

「我沒騙妳。我明白妳沒辦法相信，畢竟最不能理解的就是我自己。」

「我不想聽。」

少女說完摀住雙耳，閉上眼睛。我抓住她雙手的手腕，硬拉開她的手。

我們在近距離四目相對。

少女隔了一拍後，低頭撇開了視線。

「妳聽好了，我再說一次。」我說：「妳復仇的樣子很美。所以，算我求妳，不要說什麼復仇沒有意義，不要屈就這種現成的、老生常談的結論。至少對我來說，復仇是有意義的，美麗本身就是一件再有意義不過的事。我盼望妳對越多人復仇越好，哪怕我自己包含在這些人裡面，也不例外。」

我被她揮開手，還被她用力在胸口推了一把，就這麼往後一倒。

我仰望天花板，心想會被拒絕也是理所當然。哪有人突然聽到殺了自己的凶手說「我喜歡上妳了」還可以接受的？

而且我本來沒打算要說這麼多，一開始我想說的就只有「我對妳的復仇產生共鳴，這麼做是正確的，希望妳不要就此停手」而已。什麼叫做「我似乎喜歡上妳了」？會不會只是一個二十二年來從未好好面對過這類感情的人，面對一個小了足足五、六歲的軟腳殺人魔，產生了一種類似斯德哥爾摩症候群(註15)的錯亂呢？

我呼出的氣，呼在少女朝我伸出來的手上。

我戰戰兢兢地伸出手，她的手就牢牢抓住我的手，把我拉起來。

我想起之前也有過這樣的情形。

當時雨下得很大。

少女握住我的手不放，沉默良久，表情像是在說：「我在做什麼呀？」她注視著我們牽在一起的手，似乎正在拚命思考自己無意識中做出的行為意味著什麼。

註15：指被害人對加害人產生情感，而反過來幫助加害人的一種情結。

忽然間，她放鬆手指的力道，我們的手倏地分開。

「好了，你趕快準備。」少女說：「現在也許還趕得上最後一班電車。」

少女看到我啞口無言地杵在原地，露出得意的表情。

「怎麼了？你不是喜歡**復仇時美麗的我**嗎？」

「……對，沒錯。」

我好不容易才擠出這句答案。

「我實在難以理解。」少女灌注了她卯足全力的嘲笑說道：「而且就算被你喜歡，我也不會高興。」

「無所謂。妳除了我以外沒有任何人可以依靠，所以不管妳多麼討厭我，還是會讓我留在妳身邊。」

「你說得沒錯，這非常不合我意。」

說完，少女就一腳踏在我的腳背上轉動幾下，不過力道並未強到會讓我覺得痛，而且兩隻光腳丫碰在一起的感覺滑溜溜的很舒服，和某種動物對同伴表示親暱的方式有些相像。

外面似乎已經很冷了，所以我們穿上冬季用的外套出了房間。我擅自借走一輛停在公寓屋簷下、多半是陌生鄰居的腳踏車，讓少女坐在載物架上，我則站起踩著踏板，在通往車站的路上飛快地騎著。握住龍頭的手轉眼間就凍僵，暴露在乾燥冷風中的眼球在刺痛，顯露在寒氣中的小指傷口則一陣陣作痛。

爬上一段很長的上坡路後，就是一段銜接到車站的細窄下坡路。我讓尖銳的煞車聲迴盪在沉睡得鴉雀無聲的住宅區內，一路往下滑。似乎是我騎得太快，少女覺得有危險，便緊緊摟住我的背。我現在就只是為了這個目的，盼望這條下坡路最好永遠不要有盡頭。

第8章　她的復仇

從結論說起，包括一開始的三個人在內，我們一共奪走了十七條人命。第四個復仇對象是少女以前的級任導師，現在是六十幾歲的男子，過著與胃癌對抗的生活。我們殺害他之後，少女就提議說：「我們就試試看，能做掉幾個人就做掉幾個吧。」於是我們將她有著很深的怨恨，但當初並未列入計畫中的十三個人，也列入了復仇對象。

從關係來分類，國中時代的朋友有七個，高中時代的朋友有四個，老師有兩個，其他有四個。用男女比例來說，是女的十一個，男的六個。用殺法來分類，輕易被殺的有八個，逃走的有四個，想說服我們的有兩個，抵抗的有三個。我們得到了這樣的結果。

並不是一切都進行得很順利。不但不順利，我們還一次又一次地失敗。到殺害第十七個人為止，我們有五次被復仇對象跑掉，四次被警察逮住，兩次身受重傷。但這些全都由少女「取消」掉了。這種手法非常不公平，我們放棄了所有的責任，極盡為所欲為之能事。

我看起來一直在羅列數字。已經協助她殺完十七個人，如果要問我的意見，我會說這才是最符合實際感受的說明方式。大概從解決第四、五個人左右，這一個個復仇對象就變成只是單純的數字。

並不是沒有令我們留下深刻印象的對手，但對我而言重要的不是被殺的人，而是少女復仇時的一舉一動。她的怨恨越是根深蒂固、流的血越多、抵抗的反應越大，就越是為復仇增添光輝。只有這種美，無論重複多少次都不會褪色。

在讓第十一個人變成死人的時間點上，理應是車禍「延後」期限的十天早就過去了。但是一直到迎來第十五天的現在，效力似乎仍然勉強維持住。她本人也對此覺得十分不可思議。我認為是她在持續復仇中產生的「我還不能死」這種強烈的意志，延長了「延後」的期限。

在染上楓紅的樹林裡殺害完第十七個人之後，少女牽起我的雙手，在紛飛的落葉中，就像音樂鐘的人偶似地轉個不停。看到她天真的笑容，我這才總算理解到，自己做出的事情有多麼嚴重。

當「延後」解除，她的笑容將永遠消逝。

我覺得這個損失就像世界從此永遠少了一種顏色一樣致命。

——我實在是做出了一件無法挽回的事啊。

到了這一步，我才總算能像常人一般心痛。

少女表達完自己內心滿溢而出的喜悅之後，似乎驚覺過來，以尷尬的表情放開手，硬找理由辯解：「這是因為我能分享喜悅的對象，就只有你一個……」

「我很慶幸自己能當這個人。」我說：「這樣一來，就是第十七個人了吧？」

「是啊。剩下的就只有你了。」

乾枯的落葉漸漸累積在第十七具屍體上。直到幾分鐘前還在呼吸的這個高大鷹鉤鼻女生，是和少女的姊姊一起對她施暴的其中一人。我們從她下班時開始跟蹤，等她落單後叫住她。她看來已經不記得自己過去凌虐過的人，但在少女拿出剪刀的瞬間，她察覺到危機而逃走。看她直覺這麼敏銳，起初我還以為是個棘手的目標，但她竟然自己逃進樹林裡，除了糊塗以外再也沒有別的詞可以形容。這讓我們得以不用在意旁人眼光，只須專心殺害她。

唯一覺得可惜的，就是少女對於殺人已經十分熟練，再也不會被對方的血濺到，或是遭到反擊了。她以俐落的手法，精確地刺殺目標，這樣的身影固然很美，不過再也看不到她受傷、疲憊、弄髒的模樣，還是令我有點落寞。

「等到復仇對象全部死去，我就不再剩下足以維持『延後』的堅定意志了。」她說：「也就是說，你的死也就意味著我的死。」

「妳要何時動手？」

「無謂地拖延也不是辦法……我會在明天對你復仇。這樣一來，一切都會結束。」

「這樣啊。」

夕陽從樹木的縫隙間射進來，讓我瞇起了眼睛。斜陽與腳下落葉的顏色十分相稱，林子裡染成一片世界末日般的火紅。而現在，少女的世界末日已近在眼前。

這是我們兩個人一起吃的最後一頓晚餐。我提議找一間適合慶祝紀念日的餐廳吃飯，但少女駁回了這個提議。「因為我討厭嚴肅的地方，而且也不懂餐桌禮儀。」她說：「都是最後一次用餐了，我可不要因為緊張連滋味都吃不出來。」

她說得一點也不錯。結果我們去了常去的那間家庭餐廳點了牛排，用稀得像無酒精飲料的葡萄酒乾杯。或許是因為少女的表情顯得成熟，只要穿上合適的衣服，看起來就像個大學生，店員對她喝酒這回事也不起疑。

少女邊小口吃著餐後的蒙布朗蛋糕邊說：

「我還是第一次吃蒙布朗蛋糕。」

「感想呢？」

少女露出苦澀的表情說：「我真不希望事到如今才知道世上有這麼好吃的東西。」

「妳的心情我懂，我也不希望事到如今才知道和喜歡的女生一起吃飯竟然會這麼開心。」

少女像是要教訓我似的，在餐桌底下輕輕踢了一下我的腳脛。她並不是真的生氣，只是一喝醉酒，就會硬要尋求各種笨拙的心靈交流，這點我已經從這十五天來的相處中了解到了。

「有什麼不好？畢竟只要『延後』一解除，你就忘得掉了。」

「我不是想忘記，是想早點知道。」

「都怪你不好。誰叫你要酒醉駕車，真是個傻瓜。」

「妳說得對。」我表示贊同。

少女一臉不高興的樣子，用手肘撐在桌上，無意義地搖晃著葡萄酒。「買衣服的樂趣、請人幫我剪頭髮的樂趣、在娛樂設施玩的樂趣、喝酒的樂趣、合奏電子琴的樂趣，這一切我全都不想知道。」

「嗯，儘管恨我。妳明天就要用這些恨意殺了我。」

「……你放心吧，我一定會完成復仇。」少女將一小口葡萄酒含進嘴裡，花了很長一段時間慢慢吞下。「畢竟不管怎麼說，你都是結束我生命的人。無論你多麼照顧我，只有這個事實沒辦法推翻。」

「那就好。」

煩惱的階段在幾天前就過去了，現在我只衷心期盼被她用剪刀刺死的那一瞬間。被心上人殺死是很悲傷的事，但無論是以什麼樣的形式，一想到她會滿腦子都想著我，就覺得也挺不壞的。

我之所以甘心被殺，不是為了對少女贖罪，也不是為了負起幫助她殺人的責任。我就只是希望她盡可能對更多人復仇，才將自己也奉獻出去，做為最後一個目標。

嚴格說來，我不會死，只是在車禍「延後」的期間內暫時死去。由於在正確的世界線——這個說法也不正確，但我早已習慣了電影或書上愛用的這種文風，聽來就是比較貼切——當中，少女已經死去，那麼殺死我的「貓爪」就不存在。除非那個世界的我自殺，不然我就會活下去。

然而如此活下去的我，是不知道少女生前的「我」。

我自大地想著，這多半就是出車禍害死一個人，還成了十七條命案幫凶的人所要接受的懲罰吧。

「我有個問題想問妳。」

「什麼？」少女微微歪頭。

「如果我們不是以那樣的方式認識，妳覺得我們現在會是什麼樣子？」

「……誰知道呢？想了也是白想。」

但我還是無法不去想像。如果我並未開車撞死少女呢？時間回溯到那天晚上，我在超市買了酒喝，喝完再度開車行進。不小心方向盤打錯邊，讓輪胎卡進路邊的水溝，然後再也動彈不得。我沒帶手機，所以只好在雨中等候願意幫助我的親切車主出現。

這時少女出現了。為什麼這麼晚，下著這麼大的雨，卻會有高中女生連傘都沒打，就一個人走在路上呢？我覺得不可思議之餘，對她說：『小姐，手機可以借我用一下嗎？妳也看到了，我的車動不了。』少女搖搖頭說：『我沒有手機。』『這樣啊，真傷腦筋……不管這些了，妳都不會冷嗎？』『會。』『要不要在我車上暖暖身子再走？』『不要，因為你很可疑。』『在我看來，妳在這種深夜裡連傘也不撐，就走在這種沒有人經過的路上，也一樣可疑。不用怕，我不會對妳亂來。我們都很可疑，就好好相處嘛。』少女遲疑了一會兒後，默默坐進副駕駛座。我們兩人並肩睡著了。

我在朝陽中清醒。輕型卡車的喇叭響起，我請卡車司機用拖車索幫我把車從水溝拉出來，再向卡車司機道謝。『好了，就先送妳回家吧。還是送妳去學校比較好？』『已經沒希望趕上了，都是你害的。』『是嗎？真對不起。』『我已經放棄去上學了，所以請你隨便在這附近兜兜。』『妳的意思是要兜風？』『請你隨便在這附近兜一兜。』

在鄉間道路兜風了一整天後，我和少女道別。我嘻嘻一笑，心想這一天真是奇妙。幾天後，我和少女又巧遇。我一停車，上學途中的她就默默地坐進副駕駛座。『好了，今天我們要怎麼浪費掉這一整天呢？』『請你隨便在這附近兜一兜，綁匪先生。』『綁匪？』『不然就改成可疑人物先生。』『還不如綁匪好啊。』『我就說吧？』

於是我們就這麼開始每週見面。我們得到了美妙的散心手段，互相利用彼此來讓心病痊癒。過了幾年後，少女勉強撐過高中生活而畢業，我則成功回歸社會，當個打工族。我們兩人直到現在，每到星期五晚上就會出門兜風。『你遲到了啦，綁匪先生。』『讓妳久等啦。好了，我們走吧。』

這是一段多麼可笑，又多麼理想的關係。可是如果我們真的以這樣的方式邂逅，也許我會和她變得親暱，但多半不會喜歡上她。我覺得自己就是透過陪她復仇，才能這麼深入了解她。雖然這也許只是我單方面先入為主的想法。

這天晚上，一陣來自下腹部的壓迫感讓我醒過來，一看發現有人跨坐在我身上。睡昏頭而對不準焦點的五感，花時間慢慢恢復正常。

最先恢復的是聽覺，我聽得見雨點拍打屋頂的聲響。接著是觸覺，後背與後腦杓碰到堅硬的東西。看來我是從沙發上滑了下來，睡在地板上。

脖子被人用一種尖銳的東西抵住，不用思索也知道這個物體是裁縫剪刀。看樣子她所謂的「明天」，指的是換日的瞬間。

眼睛漸漸習慣黑暗。理應穿著睡衣的少女，不知不覺間換上了一身制服。

神奇的是，當我一明白這些事，就切身感受到：「啊啊，這下就要結束啦。」

一切都將恢復原狀。

我有這種感覺。

「你醒著嗎？」

少女以細小的聲音這麼問。

「嗯。」我回答。

我沒有閉上眼睛，想親眼見證她完成復仇，直到最後一刻。

黑暗讓我看不出少女的表情，但從她呼吸的情形與嗓音的狀況來判斷，似乎並未喜悅得顫抖或憤怒得面目猙獰。

「我要問你幾個問題，」少女說：「這是最後的確認。」

突然一陣勁風吹過，撼動整間公寓。

少女問出第一個問題。

「你是為了彌補自己犯下的罪，這十五天來才會幫我。沒錯吧？」

「大致上是這樣。」我回答：「雖然就結果而言，反而增加了罪過。」

「你說過我復仇的模樣讓你喜歡上我，這是真的嗎？」

「是真的。雖然不管我說幾次，妳似乎都不肯相信……」

「你只要回答『是』或『不是』就好。」少女說：「你有個比贖罪更根本的目的，就是希望我找越多人復仇越好，因為你想被我殺死。沒錯吧？」

「沒錯。」

嚴格說來我並不是想被殺，但想來答案還是比較接近「是」。

「原來如此。」

少女似乎採信了。

我的失算在於我誤以為她問的這些問題，是為了將自己的殺人正當化，為了讓接下來她要殺的人親口說出自己也如此期望。我以為回答的「是」越多，就越能推動她完成復仇。

她不再問了，我滿心雀躍，心想時候終於要到了。意識變得極為清晰，不只是視覺，所有知覺的解析度都飛躍性地提升。我覺得少女小小的情緒波動，沿著剪刀尖端傳了過來。迷惘雖緩慢但確實地消失，感覺得出她心中有了確信。儘管只是幾公分，但尖端確實在往前進。對痛覺的刺激，將我的清醒度拉到了高峰。對死亡的恐懼與對美麗的期待水乳交融，使我大量分泌出腦內麻醉劑，多到足以引發一場大洪水。我籠罩在無邊無際的恍惚感中，幾乎要喊出聲音。骨髓在戰慄，我歡喜地想著，很好，就這麼刺下來吧，用這把剪刀將一切都完結吧，了結掉我這個二十二年來沒死成的活死人吧。

遺憾的是光線太暗，我看不清楚少女的表情。當鮮血從我的脖子噴出時，不知道她臉上的表情會染成喜悅、憤怒、悲傷、空虛，又或者是徹頭徹尾地面無表情——

「你的想法我很清楚了。」

少女這麼說。

「所以，我不殺你。**我偏不成全你**。」

剪刀從我的脖子上移走。

我不明白發生了什麼事。

「喂，妳怎麼了？事到如今妳怕了嗎？」

我口氣挑釁，但少女不介意，將剪刀往床上一扔。

「你想想，殺一個這麼想被殺的人，又怎麼能算是復仇呢？」她仍騎在我身上說：「我不成全你唯一、也是最大的願望……這就是，我對你的復仇。」

到了這個地步，我總算明白了她所謂「最終確認」的意思。

她要確認的，不是殺人的正當性。

她要確認的，是這種行為有多麼沒意義。

「……那麼，如果妳的復仇已經完成，」我說：「為什麼妳的『延後』沒解除？」

「只是還沒有切身地體認到而已。不用擔心，我一定會死的。直到意志的殘渣燒光，應該花不了太多時間。」

少女慵懶地起身，整平襯衫的衣領，撫平裙子的皺褶後，背對我走向玄關。我很想起身追上去，但腳卻不聽使喚，只能躺在地上目送她離開。

少女走到門前，突然想起了什麼似地停下腳步，轉身走回來。

「只有一件事，我得跟你道謝。」她以耳語的音量說：「我像這樣傷痕累累的，你卻說這樣的我『很美』。雖然我不知道你有幾分真心……但我還是，非常開心。」

少女在我身旁跪下，一隻手遮住我的雙眼，另一隻手貼上我的下巴。

柔軟的頭髮落到我的脖子上。

她的嘴唇就像在進行人工呼吸似的，輕輕地包覆在我的嘴唇上。

也不知道持續了多久。

嘴唇分開，眼睛也不再被遮住。

她走出了房間。

留下一句「對不起」來代替再見。

我躺到十幾天沒躺過的床上，閉上眼睛。伸手去摸枕邊，抓住少女丟開的剪刀。我將刀尖抵在下巴，調整呼吸。不需要去查正確的用法，要刺在哪個部位才會噴出血，大概要幾分鐘才會死，這些她都已經示範給我看到甚至有些看膩了。

脈動沿著刀刃傳到手上。跳出一定節奏的脈動，讓我的心慢慢鎮定下來。我忽然想起一個說法，說是人死時最後剩下的會是聽覺。聽說即使其他的知覺都已死去，只有聽覺仍會持續運作到即將斷氣前的那一刻。如果我現在動手刺穿頸動脈，相信在漸漸淡去的意識當中，就只會一直聽到雨聲吧。

我先放下剪刀，按下枕邊的CD播放器，至少我想自己決定人生閉幕時要聽的音樂。比起哀悼死亡的悲傷曲子，放些吵鬧得突兀的樂曲來破壞氣氛，與我的死亡更相配。我大聲播放放蕩樂團的《Can't Stand Me Now》，再度撲到床上，握住了剪刀。

我就這麼連聽了三首曲子，不小心欣賞起音樂來了。喂喂，給我差不多一點啊。再這樣下去我會聽完一整張專輯啊，然後再來個「下一張專輯」嗎？

別鬧了，就下一首。下一首聽完，就一定要解決我這段可笑的人生。

可是就在第四首曲子還剩幾秒鐘就聽完的時候，傳來敲打玄關門的聲音。我不予理會，繼續聽著音樂，就聽到門被人粗暴打開的聲響。我心不甘情不願地將剪刀藏到枕頭下，開了燈。

藝大生擅自闖進我的房間，按下了CD播放器的停止鈕。

「會吵到鄰居。」她說。

「只是音樂類型的差異吧？」我開玩笑地說：「那麼，妳拿要換的CD來了嗎？」

藝大生環顧房間內，然後問說：

「她呢？」

「出去了，剛剛才走。」

「下這麼大雨還出去？」

「是啊。她受夠我了。」

「是喔，真是遺憾。」

藝大生拿出香菸點火，也遞給我一根。我接過來叼著，請她幫我點著。這種香菸焦油含量高得和進藤抽的牌子差不多，害我差點咳起來。她的肺肯定早就全黑了。

「菸灰缸在哪？」她問。

「用空罐。」我指了指桌上。

她抽完第一根，立刻又點著了下一根菸。

我心想，藝大生肯定是有話想說才找上門來，抱怨噪音只是個冠冕堂皇的理由。記得以前她說過，就只有真心想到的念頭，才會讓她覺得化為言語好比登天一樣難。相信她現在正拚命思索，為的是告訴我一件很重要的事。

抽完第三根菸時，她終於開口了。

「如果我是你的良師益友，應該會叫你：『馬上去追那個女生。』還說什麼：『不然你一輩子都會後悔。』但我是個狡猾的女人，所以不說這些話。」

「為什麼？」

「誰知道是為什麼呢？」

然後她毫無脈絡可言地，混著吐出的煙說：「冬天都快到了。」

「跟你說喔，我是南方出生的。那邊就算下雪，也很少會留到隔天。所以第一次在這個市鎮迎來冬天時，我就嚇了一大跳。一旦開始積雪，不就要一直到春天才看得到地面嗎？而且我心中對雪的印象，就是覺得雪花輕飄飄的，很鬆軟、純白，所以知道堆積的雪重得讓人想到就煩、結冰的步道走起來磨人神經，被汽車排氣管噴過的雪會變得像火山熔岩一樣，這些都讓我有那麼一點失望。」

我並不覺得她是沒頭沒腦亂講話。

相信這一定是笨拙的她使盡全力的表達。

「可是，深夜下了很多雪，到了隔天早上被除雪車的振動搖醒，打開灰濛濛的窗戶俯瞰住宅區時看到的那種光景，不管什麼時候看去都還是覺得好棒。有種整個世界都被刷成純白的感覺。相反地，晚上從外面回來，一邊發抖，一邊喝一杯放滿糖的熱騰騰咖啡，像這樣的感覺也很棒呢。」

她說到這裡就停了。

「……我只能說到這裡。如果你還是要去找那個死神，我不會阻止你。」

「好的，謝謝妳。」

「真是的，你也好，進藤同學也好，為什麼每個男人一旦跟我要好，就會馬上跑掉呢？」

「妳的魅力只有開始意識死亡的人才會懂啊。」

「你這麼說我也不怎麼高興啊。」她的笑容看來五味雜陳，又說：「吶，我一直想問你。你連我的手都不肯牽，是單純對我沒興趣？還是在**對過世的進藤同學盡一份禮儀？**」

「這很難說啊，連我自己都不太清楚。也許是我從一開始就死了心，覺得自己贏不了他。」

「……謝謝你給我這麼令人開心的回答，我有那麼一點覺得得到救贖了。」

說完她就伸出左手。之所以不伸右手，多半是顧慮到我的傷勢。

「都最後一次了，至少可以跟我握個手吧？」

「好啊，我很樂意。」

我也伸出了左手。

「再見了，呃……」

「三枝。」她握住我的手說：「三枝栞。這是我第一次正式報上姓名吧？湯上瑞穗同學。我好喜歡我們之前那種不負責任的關係。」

「這些日子承蒙妳照顧了，三枝同學。跟妳的關係讓我覺得很自在。」

她很乾脆地放開手。我也不眷戀，轉身背向她。

我扣上外套的鈕釦，綁緊靴子的鞋帶，帶上雨傘打開了門。

「你走了，我會很寂寞的。」

我聽到三枝同學在背後如此喃喃說道。

去任何少女可能會去的地方找一遍，這應該是這種時候最典型的手法了。但我不需要這樣做，我知道她會去什麼地方，因為我手上留下了好幾條線索。

我照想到的順序列出來。

第一條線索，是在為了搭列車而買車票時發現的。我的錢包有被人動過的跡象，因為卡片的排列方式變了，不用想也知道是少女動的。

起初我心想，她多半是想拿走度過剩下的時間所需的錢。但重新檢查後，就發現現金連一圓都沒少，金融卡與信用卡也都原封不動。我評估各式各樣的可能性，得出了這樣的結論——她在從我的所有物中尋找「一樣東西」，所以才會檢查可能找到這樣東西的錢包。

第二條線索，是少女離開時所說的「對不起」。對殺了自己的人說出「對不起」，到底是針對什麼事情道歉呢？至於說出這句話之前所說的「謝謝你」，她則好好地解釋了一番：「我像這樣傷痕累累的，你卻說這樣的我『很美』。雖然我不知道你有幾分真心……但我還是，非常開心。」

但她並未對「對不起」這句話做出解釋。看樣子並不是因為認為不需要解釋，畢竟我現在就弄得百思不得其解。

也許她有苦衷，不方便解釋，但她又希望在最後關頭，至少要把心意傳達給我知道。我想她會只說一句「對不起」，就是因為這個緣故吧。

第三條線索，要回溯到四天前。少女沖澡的時候，我想繼續寫「寄不出的信」給霧子，打開床頭櫃的抽屜一看，發現先前寫到一半的信紙不翼而飛。當時我並不怎麼放在心上——那封信被她看過這件事肯定錯不了——但為什麼她不把信放回原位呢？

我的房間儉樸得足以讓整理的概念沒有立足之地，基本上是不可能弄丟東西。但自從那次以後，我再也不曾看到那張信紙。如果不是少女要找我碴，把信紙藏在CD盒或書本裡，又或者是丟進垃圾桶，那麼，剩下的可能性就只有一個。

就是她到現在仍帶著那封信。

想到這裡，我重新回顧我認識少女之後的這些日子。

這是個簡單的謎題。

我的記憶被扭曲了。

為什麼少女會討厭「秋月」這個姓氏？

為什麼她所說的「同學」當中會摻雜高中生與大學生？

追根究柢，為什麼她被我開車撞到的那天，會連傘也不撐，就一個人走在那種人跡罕至的地方呢？

為什麼我之前都沒注意到這麼簡單的事情？

至少我想線索當中的幾項——無論是有意識還是無意識——是由少女親手留下的。

如果她有這個意思，明明就可以遮掩過去，但她就是特意留下翻找過錢包的跡象，臨走時留下一句「對不起」。她留給我最後一條通往真相的線，並未剪斷。

要不是那個時候三枝同學敲了門，我多半連這都不知道，就已經用剪刀插進喉嚨了。我得感謝她。仔細想想，一直到最後關頭，我都在靠三枝同學幫忙。可是，我對道別的方式並不後悔。那種平淡如水的結尾，想必才和我們最為相配。

由於沒有車可用，到我抵達目的地為止，一共搭了一班列車、三班公車。第三班公車在路上陷入塞車車陣，似乎是下雨引發了車禍，看得到消防車與警車逆向行駛在對向的車道上，越開越遠。我告訴司機我在趕時間，當場付了車資，下了公車，然後就沿著塞得動彈不得的成排汽車一直往前走。

下了平緩的坡道後，前方幾百公尺都積了水，最深的地方水深及膝。水積得這麼深，即使穿的是長靴也派不上用場。雨水流進我綁緊鞋帶的靴子裡，淋濕的衣服奪走體溫，冰冷與氣壓讓手指的傷開始隱隱作痛。風橫掃而來，雨傘的作用變得微乎其微。沒過多久，突然颳起一陣強風，我不及細想，握住傘柄的手一用力，就有幾根傘骨彎折。我將再也發揮不了作用的雨傘往路旁一扔，在大得令人睜不開眼睛的雨中行走。

走了二十分鐘左右，才總算穿出積水地區。多輛警車與消防車，圍著一輛翻倒的中型卡車及一輛大型箱型車。旋轉的警示燈照亮了雨點與淋濕的路面，將四周照得一片通紅。塞車車陣後方傳來喇叭聲。我剛彎過轉角，就差點被一個用單手撐傘騎車的高中男生撞到。對方千鈞一髮之際注意到我而緊急煞車，導致輪胎打滑而摔倒。我問了他一聲要不要緊，但他不理我，就騎車離開了。

我目送他的背影離去，又開始往前走。

我明確地知道再走多久，就能抵達少女所在的地方。

因為這裡是我出生的故鄉。

公園附近都積了水，被從雲朵縫隙間射下的朝陽照得閃閃發光。公園裡唯一一張小小的木製長椅，看起來就像漂在水上一樣。

少女就坐在這張長椅上。她當然全身濕透，制服上穿的是我借她的深藍色尼龍夾克。椅背上還掛著一把傘骨彎折的傘。

我在積水中踏出嘩啦嘩啦的聲響從她背後靠近，用雙手遮住她的眼睛。

「猜猜我是誰？」我說。

「……請不要做這種幼稚的事。」

少女抓住我的雙手，直接拉到她的心窩位置。我被拉得往前跌，變成從背後擁抱她的姿勢。

少女幾秒鐘後放開了我的手，但我對這個姿勢很中意，所以決定維持不變。

「忍不住會回想起來啊。」我說：「造成車禍的那天，我就坐在妳現在坐著的這張長椅上，一整天淋著雨。我跟人約好了在這裡碰頭……不對，說約好了不太對，因為我只是單方面地等霧子來。」

「你在說什麼？」

我知道少女只是裝蒜，所以繼續說下去。

「國小六年級時，因為爸爸工作上的關係，我從之前念的小學轉走。最後一天上學的日子，當我正準備一個人回家時，有個女生來找寂寞的我說話，她就是日隅霧子。我們之前幾乎從沒說過話，然而即將道別時，她提議要跟我當筆友。我心想，她並不在乎對象是誰，只是想試著和遠方的朋友寫信聯絡罷了。我也只是不好拒絕才答應，坦白說起初並不怎麼起勁……可是，在信件往返的過程中，我們被迫注意到彼此的想法一致到了可怕的地步。我們不管聊什麼，意見都會吻合。就連一些原以為說了也不會有任何人了解的感覺，她也能以完全符合我原意的方式理解。沒過多久，這開始得不怎麼起勁的信件往返，已經成了我的人生意義。」

少女的身體很冰冷。因為她在大雨中靜靜坐著不動好幾個小時，就只為了等我。她的臉色蒼白，呼吸微微顫抖。

「我們開始當筆友後過了五年的某一天，霧子在信上寫了：『我想直接跟你見面說話。』我好高興，她想更了解我，而且也希望我更了解她。光是這個事實本身，就讓我高興得不能自已。」

「……可是，你沒去見她，」少女說：「不是嗎？」

「妳說得沒錯。我不能和霧子見面。雖然我記不得正確的時期，但我上了高中後不久，就開始在信裡撒謊，而且不是只有一、兩個謊言。當時我的生活實在太悲慘，也太乏善可陳了。我不想老實寫在信上讓霧子失望，也不想讓她同情我。所以，我假裝自己始終過著健全又充實的生活。我覺得若不這樣做，這段筆友關係應該會更快結束。」

我解釋到此，自問事情真的是這樣嗎？就算在信上寫著自己在待不習慣的國中裡所過的孤獨生活，有可能導致信件往返就此中斷嗎？

如今我已經不知道答案了。

「可是，我這拚命的努力卻適得其反。難得全世界最值得信任的女生對我說：『我想直接跟你見面說話。』但要是我答應了，先前所說的謊言都將付諸流水。一旦知道卸下所有矯飾的我是個什麼樣的人，霧子多半就會討厭我。光是知道我已經在信上撒謊了好幾年，她應該就會輕蔑我。我只好忍痛放棄和霧子見面，也不再回信。因為我不知道該寫什麼才好，我和霧子的關係就這麼結束了……只是話說回來，維持了整整五年的習慣又很難戒掉，後來我還是很不乾脆地，繼續寫著一封又一封根本不打算寄出去的信來安慰自己。這些不會被任何人看到的信，漸漸地越積越多。」

我鬆開圈住少女的手臂，從長椅後頭繞過去，在她身旁坐下。

少女從書包裡拿出了某樣東西遞給我。

「還給你。」

是我寫給霧子的「寄不出的信」。

果然是少女拿走的。

「從你剛剛的說法聽來，」她說：「車禍發生的當天，你坐在這張長椅上等待霧子同學，這個說法實在不成立。」

「因為我朋友死了，這就是契機。他是我從高中時就認識的朋友，是個知心的朋友，我連持續對筆友撒謊，因為事跡即將敗露而不再回信的這些事，都告訴了他。這樣的他，在死前一個月左右，對我說：『你應該去見日隅霧子。』還說這對我的人生一定會帶來令人喜悅的影響。他幾乎從不曾像這樣催促我去做一件事。」

沒錯，進藤一直很討厭給別人建議，或是聽別人訴說煩惱。對於別人給他建議，或是找人聽他訴說煩惱，也一樣討厭。他就是厭惡這種只要是出於善意，無論多麼欠缺思慮與分寸，都能得到善意眼光看待的風潮。這是一種伴隨著莫大責任的行為，除非有把握能確實處理問題，否則就不應該對別人的人生提出意見——這就是進藤的想法。

而他之所以會對我提出像樣的建議，多半就是他內心有著很強的意念吧。

「所以，我才會想在事隔五年之後再次寄信看看。我在信上寫說如果她還願意原諒我，就請她來一趟我們兩人以前念的小學旁邊的公園，並寄了出去。」

我想踐起腳而提起一隻腳，就在積水上碰出了漣漪，腳下的藍天隨著波紋搖曳。蕭瑟的樹枝與彷彿放棄一切而清爽高透的天空，讓人感受到冬天的腳步已經逼近。

「我等了一整天，但霧子並沒有來到這座公園。這也怪不得她，畢竟我對她後來接連又寄出的好幾封信都視若無睹。一旦要好的朋友死了而變得寂寞，就說『我想跟妳道歉』，未免想得太美好了。相信她已經不再需要我了。這麼一想，就覺得滿腔憂鬱不知道怎麼排遣。所以，我忍不住借酒澆愁。從公園回家的路上，我找一間最近的店買了威士忌來喝，然後又開始開車。最後，就開車撞到妳了。」

我從口袋拿出香菸與打火機。輕油打火機順利點著了火，但淋濕的香菸滋味卻極為苦澀。

「原來如此，事情原委我大概明白了。」少女說。

「我要說的話就到這裡，接下來換妳說了。」

少女的手放到兩膝上，以沉重的表情看著油漆已剝落的溜滑梯。

「……吶，**瑞穗同學**。」她喚了我的名字。「你知道車禍發生的那一天，霧子同學為什麼沒有來這座公園嗎？」

「我就是來問這個問題。」我回答。

「照我看來，」少女先打了預防針之後才說下去：「霧子同學，應該有想過要去約好見面的地方赴約。但是，她要下這個決心，得花上相當多的時間。這次是輪到她有著不能去見你的理由，說穿了就是『沒臉見你』。但另一方面，知道了這個五年來音訊全無、以為早就忘了她的對象，竟然還渴望見到自己，想必她是非常開心。霧子同學將這兩者放在天秤上，苦思到了最後，終於決心去見瑞穗同學。」

她看似盡可能把事情講得單調，彷彿在避免情緒的起伏。

「可是，她的決心下得太晚了一點。當她連制服也沒換就衝出家門，已經是約定當天的晚上七點多。而且當天下起了大雨，公車和電車都癱瘓了。結果等她抵達目的地，已經過了十二點，公園裡當然一個人也沒有。她坐在長椅上，淋著冰冷的雨，為自己的愚昧嘆息。她這才總算懂得自己有多麼渴望與瑞穗同學重逢。為什麼自己老是做錯事？為什麼老是顧慮無謂的環節，反而疏忽了最關鍵的一點？霧子同學在茫然自失的狀態下，踩著沉重的步伐，走來時的路回去。」

後來霧子有什麼下場，最清楚的人就是我。

她和我，以可想見範圍內最糟糕的方式重逢了。

而且彼此都未認出對方。

「只有一件事，我不明白。」我說：「『沒臉見我』是怎麼回事？」

「……這個地方不適合解釋這件事。」

霧子的手在膝蓋上一撐，顯得很費力地站起來。

我也跟著起身。

「我們先回公寓一趟吧。沖個熱水澡、換上乾的衣服、吃些好吃的東西，好好睡上一覺，然後再去那個適合講出真相的地方吧。」

「好。」

回程的路上，我和霧子幾乎一句話也沒說。

我牽起她冰冷的手，配合她的步調慢慢行走。

明明應該有一大堆話想說，但實際重逢後，卻又覺得根本不需要言語。互相了解一切的沉默純粹令人覺得自在，不想用無謂的話語讓這段時間加速了。

我們並肩躺在公寓裡狹窄的床上睡了幾個小時後，搭上從車站發車的接駁巴士，等到我們抵達「適合的地方」，太陽已經開始西沉。

那裡是個山上的小遊樂園。我們買了門票，通過有一隻穿著夾克的兔子人偶的入口後，眼前就是一整片褪色的幻想世界光景。這裡有販賣部與售票處，以及旋轉木馬和旋轉鞦韆等遊樂設施，後頭還有大摩天輪、海盜船與雲霄飛車。到處都可以聽見遊樂設施的運作聲中夾雜著女性的尖叫聲，園內的喇叭發出極盡歡樂的爵士大樂隊音樂，遊樂設施旁邊則可以聽見復古的一人樂團的音色。明明前一天才下過那麼大的雨，園內卻有大批的遊客，全家福與情侶檔大概各占一半。

霧子懷念地看著這些景象，牽著我的手。

我再度以懷念的心情，走在這理應從不曾來過的遊樂園當中。

相信我以前應該有來過這裡。

我有這種感覺。

她在摩天輪前停下了腳步。

我們用自動販賣機買好所需分量的票券，搭乘進摩天輪的車廂中。

低頭俯瞰園內，就看到黑暗中一道閃亮的光芒消失。我想應該是噴水池旁的路燈。

以此為發端，明明還沒到關門時間，四周的燈光開始一一消失。

遊樂園漸漸消逝。相對地，我腦中某種失落的事物急速回復。

我心想，魔法快要解開了。

車禍的「延後」被解除，隨著霧子的死亡來臨，她至今「延後」的所有事物，都將恢復原有的面貌。

所有的燈光幾乎都消失了。直到剛才還那麼熱鬧的遊樂園，如今已然化為一片漆黑的大海。

就在車廂到達頂點時，我的記憶恢復了。

第9章　願這世上有愛

只是在走廊上擦身而過時沒看著她，就被姊姊找碴說「我不理她」，她抓住我的頭髮，把我拖進她房間門前，開門推我進去。我忍著手肘重重撞在木頭地板上的疼痛抬起頭，就看到姊姊帶回家來的那群面相凶惡的傢伙，他們因為我的登場而亢奮起來，朝我說出各種下流的話。整個房間散亂著酒瓶與空罐，有著垃圾場那種令人作嘔的臭味。我正想跑走而轉身，就被一個缺了門牙、眼角下垂的男人在腳脛上一踢，當場摔倒。眾人哈哈大笑。

後來的事情發展就和平常一樣了。我被他們當成玩具，其中一個人在玻璃杯裡倒了滿滿的威士忌，也不加水或冰塊就要我一口氣喝光。我當然不可能有權利拒絕，心不甘情不願地正要伸手去拿杯子，就有一個香水噴過頭而散發食蟲植物臭氣的女人宣告時間到了，她對身旁的男人使了個眼色。男人從背後架住我，撬開我的嘴；女人把杯子裡的酒往我嘴裡倒。根據以前的經驗，這時如果堅持拒絕喝下去，下場就會更慘，所以我死了心，喝下了嘴裡的威士忌。摻雜著藥味、木桶味與麥子味的獨特臭味，以及燒灼喉嚨的感覺，讓我差點嗆到，我拚命忍耐。這些傢伙在一旁起鬨起來。

好不容易喝完整杯酒，花不到十秒，就湧起了強烈的嘔吐感。從喉嚨到胃都像被火燒到似的滾燙，意識一團混濁，感覺就像被人抓住腦子搖，離急性酒精中毒只有一步之遙。一旁傳來不祥的沉重腳步聲，女人將酒杯舉到我面前說：「來，第二杯。」我雖然想逃，但身體已經使不上力氣，無論如何抗拒，男人架住我的手臂都文風不動。又倒了一杯威士忌，我喝到一半就連連咳嗽。男人說：「髒死了。」放開架住我的手臂把我推開，我早已失去平衡，感覺就像飛上天花板攀在上面似的，但實際上是趴倒在地上。

我爬向門口想逃出這裡，但被人抓住腳踝硬拖了回去。姊姊在我身旁蹲下說：「從現在起，妳能忍住一個小時不吐出來，我就放了妳。」我正想搖頭表示怎麼可能忍耐足足一小時，她就搶先朝我的胃踢了一腳。她從一開始就不打算讓我忍住。

看到我忍不住當場嘔吐，周圍這群傢伙就發出歡呼，一個又矮又胖的女人說要處罰我，拿出電擊棒打開開關，鞭炮似的火花聲讓我縮起身體。我遠比電擊棒的擁有者更清楚這會帶來多大的疼痛。緊接著電擊棒抵上我的脖子，我從喉嚨發出一陣令我不敢相信是自己發出的叫聲。她似乎電得有趣，一再挑皮膚較薄的部位電擊，一次又一次、一次又一次。酒精的後座力變得更加明顯，嘔吐感就像要填滿疼痛之間的空隙似地插進來。我又吐了一次，就聽到一聲斥罵，接著就是一段特別漫長的電擊。

但我仍然不覺難受。這點小事，根本用不著「取消」。習慣真是可怕，我現在已經能夠撐過這種程度的痛苦。我早已為了因應各種應有盡有的攻擊而先清空腦袋，然後塞進滿滿的音樂來取代。我受到他們凌虐時，就是透過盡可能在腦子裡精確重現這些音樂的工程，來讓其他知覺變得遲鈍。

我心想，明天也要去圖書館裝很多音樂回來。附近那間屋齡三十年以上且已經有點汙損的圖書館，雖然沒有收藏多少書，但CD收藏格外充實，我幾乎每天都會去視聽區聽CD。起初我愛聽能趕走心中鬱悶的強烈曲風，但等到我發現對痛苦最能發揮作用的既不是好的歌詞，也不是扣人心弦的旋律，而是「純粹的美」之後，嗜好就漸漸轉往比較沉穩的音樂。「意義」或「自在」遲早會棄人於不顧，「美」則雖然不會主動靠近自己，卻會一直存留在同一個地方。即使我一開始無法理解，它也會耐心等我抵達它的所在之處。

痛苦能夠摧毀所有愉快的感情，唯有遇到美而覺得美的感覺不會有所減損。不但不會減損，痛苦反而會更加襯托出美。若非如此，那種美終究只是假的美。只剩開心的音樂，只剩有趣的書籍，只剩耐人尋味的繪畫，這些到了緊要關頭根本靠不住的東西，又有多少價值呢？

皮特．湯申德(註16)說過：「搖滾不會解決你的苦惱，而是會讓你懷抱著苦惱跳起舞來。」沒錯，不解決苦惱，這正是救贖的本質。我不相信那些以解決所有苦惱為前提的思想，沒救的事情就是沒救到了無可救藥的地步。我認為將醜小鴨變成天鵝的「救贖」根本沒什麼用處，有本事就讓醜小鴨維持醜小鴨的本色卻又得到幸福啊。

不知道過了多久？也許是幾分鐘，也或許是幾小時。總之當我醒來，姊姊和她的同夥都消失了。今天我也承受了下來，我贏了。我起身走向廚房，漱了口，喝了兩杯水，然後去廁所又吐了一次。我站到洗手台前準備刷牙。

鏡子裡的我模樣淒慘。眼睛布滿血絲，臉上卻全無血色，襯衫上到處都沾到了威士忌、嘔吐物與血跡。也不知道是何時出血，我仔細檢查全身上下都找不到傷痕。但我開始刷牙後，就知道大概是被電擊棒電的時候咬到了口腔內側，牙刷染成了紅色。

時鐘指著凌晨四點。我從客廳的櫃子裡拿出阿斯匹靈與胃藥吃了，換上睡衣躺到房間床上。無論我被折磨得多慘，明天學校仍會照常上課，我得盡量多讓身體休息才行。

註16：皮特．湯申德（Pete Townshend，1945~）英國的音樂人。曾在《滾石》雜誌列出的「史上最偉大的百位吉他手」中排名第十名，並獲選進入搖滾名人堂。

我從枕頭下拿出熊寶寶布偶抱住，連我都覺得用這種方法安慰自己實在有毛病，越想越受不了，但今後我大概也會一直這樣。長久以來我一直尋求柔軟的擁抱，但哪裡都找不到能給予我擁抱的人。

這間被國道旁厚重樹林圍繞而充滿封閉感的公立高中，並非我自己想要就讀。我本想就讀縣內的私立高中，可是母親堅稱女人不需要學問，繼父也說高中讀哪裡都沒兩樣，只允許我去考搭一班公車就能到的附近公立高中。即使上課鈴響，教室裡四處仍有不絕於耳的講話聲，從不曾好好上過課。到了下午，班上更有三分之一的同學早退，體育館裡散落著幾百根菸蒂，每個月都會有一個人因為被警察逮捕或懷孕等的理由輟學，這裡就是一間這樣的學校。但我告誡自己說，光是能讀高中就得心懷感激了，畢竟這世上有很多小孩連國中都沒有辦法上。

下午的課開始了。我獨自在吵鬧得連老師的聲音都聽不見的教室裡看著教科書，突然有東西從後方飛來，打在我的肩膀上。那是裡面還剩下少許液體的紙杯，裡頭的咖啡濺了一些出來，弄髒了我的襪子。教室裡爆出笑聲，但我連頭也不回。既然是在上課中，他們也不會做得多過火。如果只是紙杯飛過來，我仍然可以放心地繼續讀書。

我不經意抬頭一看，結果目光就和老師對個正著。她是個年紀超過二十五歲的女老師，應該也看到紙杯往我身上飛，但似乎決定裝作沒看見。

我不想為此責怪她，要是她淪為學生的攻擊對象，我也一樣沒辦法為她做任何事。人本來就應該自己保護自己。

一放學，我就立刻前往市立圖書館。我固然想聽音樂，但更重要的是我想趕快去安靜的地方睡一覺。將圖書館當成漫畫咖啡廳來用，雖然令我愧疚，但我不知道除此之外還有哪裡可以放心熟睡。

在家裡不知道何時會被父親或姊姊叫起來打，要是在教室裡大意地趴在桌上睡著，又會被人從背後突然抽走椅子，或是遭人拿垃圾桶往我頭上倒。這些地方根本不可能好好睡覺，所以我在圖書館睡覺。所幸會危害我的人都不會接近這裡，還可以看書、聽音樂，圖書館真是了不起的發明。

睡眠不足會從本質上讓人衰弱。光是睡眠時間減半，肉體上的痛苦、謾罵，以及對未來的不安等各種威脅的抵抗力，都會明顯下降。只要我屈服了一次，要再變回原本這種頑強的少女，多半得花上相當多的時間與勞力。不，說不定我將再也無法恢復。

我必須堅強又有韌性才行，為此必須確保足夠的睡眠時間。遇到在家裡沒辦法睡滿四個小時的日子，我就會在圖書館補眠。儘管自習室堅硬的椅子睡起來說不上舒適，然而對我來說卻是唯一的容身之處。至少在開館時間的上午九點到晚上六點都是如此。

簡單聽了些音樂後，我去借了約翰．艾文(註17)的《心塵往事》拿到自習室閱讀。只看了幾頁，睡意就到達了臨界點。時間就像被人偷走似地轉眼即逝，一名女性圖書館員拍拍我的肩膀，告訴我閉館時間到了。

昨天喝的酒總算退了，頭痛也已平息。我對她行個禮，將書放回書架上，走出圖書館。來到外面一看，已經到了晚上。一到十月，天很快就黑了。

走在寒風呼嘯的回家路上，我始終想著同一件事情。

不知道今天有沒有收到信呢？

從開始當筆友算來已經要滿五年了。期間圍繞我的環境有了很大的改變，父親腦中風死亡，幾個月後，母親就和現在成了我繼父的男人結婚。姓氏從「日隅」變成「秋月」，我還多了個大我兩歲的姊姊。

國中一年級春天，母親說：「我打算和這個人結婚。」介紹了一個男人給我認識，我想我早在第一眼看到他的瞬間，就預期到自己的人生將會被徹底破壞殆盡。構成這個男人的所有成分，都帶給我不祥的預感。雖然我無法用言語具體說出哪些地方讓我覺得不祥，但足足活了十七年，即使分辨不出「嚴格說來算是壞人」與「嚴格說來算是好人」之間的區別，至少對「顯然是壞人」能一眼就分辨出來。無意識中累積起來的統計資料會告訴我這件事。真不知道母親為什麼好死不死，偏偏挑上這種瘟神般的男人？

一如所料，繼父是個典型的瘟神。他對自己的社會地位抱持自卑感，為了掩飾這種自卑感，隨時都在找機會痛宰周圍的人，而且他又膽小，只會盯上比他弱勢的人。他就是這樣的人。他會以「服務態度差勁」為由痛罵店員，還故意問出對方的姓名做出類似威脅的舉動；被車子從後頭追撞時，還會叫車上的全家人下跪磕頭道歉。他似乎真心地認為這麼做是很了不起、很有「男子氣概」的行為。

非常棘手的是，我的母親似乎就是深深受到他這種由自卑轉化為自大的「男子氣概」吸引。要命，真的很要命。

這種人都有一種通病，就是認為用暴力讓家人屈服，是「男子氣概」的主要表現之

註17：約翰・艾文（John Winslow Irving，1942~）美國小說家，因《心塵往事》一書獲奧斯卡最佳改編劇本獎。

一。其他還有什麼可以表現呢？「酒」、「菸」、「賭博」，繼父將這些當成「男子氣概」的象徵來崇拜。相信他很想把「女人」也加進去，但不巧的是無論他怎麼琢磨自己的這種「男子氣概」，都吸引不到任何女性——除了我母親以外。

他本人似乎也一直很在意這件事，明明沒人問起，他就是會不時重複說些意思大概是這樣的話——「我從單愛妻子這件事找到人生的意義，如果我有這個意思要對其他女人出手，多得是機會，但我一點興趣也沒有。」言猶在耳，他就出手打了我母親。我也曾多次攔在中間，試圖阻止繼父施暴，不過自從母親對我說：「霧子，妳插手反而會讓事情更複雜，妳不要管。」我就只能在一旁看著了。

畢竟這是母親的選擇，我也只能靜觀其變。

有一天，家裡只剩我和母親兩個人時，我試著問她：「妳有沒有想過離婚？」結果母親說了些「我不想再讓娘家擔心」、「我沒有男人就是不行」之類的話，最後還說：「我們也有錯。」我心想，我不想聽的話她全都說了。

繼父的暴力逐漸用到身為繼女的我身上。其實這也很自然，他會拿回家晚了或從學校早退這類小小的理由打我。他的手法越來越激進，有一天繼父喝醉酒，把我從樓梯上推下去。雖然沒撞到要害，沒有太嚴重的傷勢，但就在這個時候，母親終於勃然大怒，翌日暗示繼父說想要離婚。

對，就只是暗示。母親提防丈夫的怒氣，特意不說出「離婚」兩字，就只說：「要是你再繼續這樣對待我和霧子，我說不定也會動用相當的手段。」但她沒能說下去，因為繼父抓起眼前的玻璃杯就往窗戶砸了過去。

當時我在房間裡看參考書，聽到玻璃窗破碎的聲響而停下筆，掙扎該不該去客廳看看情形。緊接著，房門就被人用力打開，繼父衝了進來。我差點發出尖叫，但我認為那個時候我應該不要忍住，而要大聲尖叫出來。這樣一來，說不定附近的鄰居就會趕來……這當然是玩笑話。

母親跟著過來，哭著求繼父說：「請你住手，這不關她的事吧。」但他仍對我照打不誤。我從椅子上滾下去，頭部側面重重撞到書桌。即使如此，我也只覺得：「連書也不讓我好好念嗎？真討厭。」畢竟每天都看到家人被打，再不然就是自己被打，就算不想習慣也會習慣。

等到繼父兩拳、三拳、四拳、五拳這樣打下來，我心中開始滲出了恐懼。這是我從未有過的經驗。

我忽然想到一件事。

這個男人該不會不知道所謂的分寸？

眼淚立刻奪眶而出，身體開始顫抖。說不定在這時，我就已經預測到幾個月後的悲劇，所以才絕望地流下眼淚。母親好幾次緊緊抓著繼父的手不放，但力氣差距太大，母親三兩下就被摔出去。繼父說：「妳搞清楚，都是妳不好。我也不是愛做這種事，是妳講出這種看不起人的話，我才會搞得非得連她都打不可。全都是妳不好……」

我完全聽不懂他在說什麼。但我隱約懂得他為什麼不打憤怒矛頭所指的母親，反而特意要打我，因為這麼做比直接打母親更有效。

我持續被打了將近兩小時。他的圖謀奏效，此後母親不再提離婚一事。繼父就此食髓知味，想要讓我聽話時就打母親，想要讓母親聽話時就打我。

對我來說唯一的救贖，就是和瑞穗同學之間的信件來往。如果要說我人生中有什麼值得誇獎的表現，那就是向瑞穗同學提議當筆友這件事。國小六年級的秋天，從級任導師告訴我他要轉學的那一天起，我就一直在尋找機會，然而膽小的我遲遲踏不出這一步，結果一直等到他最後一天上學的日子，我才成功提出想跟他當筆友的建議。

要不是那個時候我卯足勇氣跟他說話，我和瑞穗同學就不會互相通信。缺乏人生意義的我，也許會在十三歲或十四歲時就死了。真想誇獎當時的我。

坦白說，我所謂的「當筆友」，和一般人想像的情形有點不一樣。我並不是把害怕繼父、繼姊與學校那些人的日子寫在信上，要瑞穗同學安慰我。剛開始通信的幾個月，我的確照實寫了身邊瑣事，但自從繼父出現、生活變了樣以後，我就淨寫些謊言。

我並不是不想在信上發牢騷、說喪氣話，讓瑞穗同學安慰我。但我一直害怕我變了，會導致他也跟著改變。如果我把現狀的辛酸原原本本寫在信上，相信以後瑞穗同學就會因為顧慮我，小心翼翼地選擇一些不痛不癢的話題，不再提起身邊發生的好事。然後我們的信件往返，就會在不知不覺間，變成一種像是以書信形式進行的心理諮商。

我不要這樣，所以我打造出一個虛構的「日隅霧子」。像是我父親死去、母親的再婚對象是個爛透的人、在學校遭受嚴重的霸凌，這些事情我絕口不提。那些事情是「秋月霧子」負責的，不關「日隅霧子」的事。「日隅霧子」是個儘管平凡，卻過著充實的日子，又懂得細細品味這種幸福的少女。

化身為她來寫信是件開心的事。一旦拿起筆，大概寫到第二行，我就能夠化身為「日隅霧子」。為了替謊言賦予真實性而堆積起細節的過程中，不知不覺間，我開始陷入一種像是同時活著兩人份人生的錯覺。

諷刺的是，這種虛構所具備的真實性，很快就超越了現實的真實性。要是我分別以「日隅霧子」和「秋月霧子」的立場各寫一封信，問不知事情原委的人說哪一封才是寫了真實生活的信，相信十個人裡有九個人都會指向「日隅霧子」的信。我的虛構就是設計得如此精心，我的現實則是過得如此馬虎。每天就只過著受人凌虐的日子，要是多少有些變化，還比較像是真的呢。

我喜歡過瑞穗同學。

就只因為談得來這樣的理由，說「喜歡」一個足足五年沒見的人，總覺得有點奇怪。竟然嚮往一個連長相都想不太起來的筆友，我根本是瘋了。就算有人說我只是因為找不到其他對象，所以唯一的選擇就是喜歡他，我也沒有足夠的理由可以反駁。我們幾乎就只透過信件交談，我只看過他好的一面，所以也許才會這樣。

但神奇的是我就是能夠確信，這世上能讓我懷抱這種心情的對象，就只有瑞穗同學一人。我沒有根據，沒有也無所謂。從一開始就不打算硬要將自己的心情正當化，或是做出合理的解釋。談戀愛不需要對別人一一去證明些什麼，如果有人覺得有必要，那麼這個人多半不是把戀愛當成目的，而是一種手段。

我這徹底無可救藥的腦子，從筆跡、文體與信紙，擅自打造出理想中的「瑞穗同學」。想像中的他在國小過後迅速長高，如今已經和我差距一個頭了，這樣的身高差距擁抱起來剛剛好。信上開朗又健談的他，實際見面時卻害羞得連我的眼睛都不敢看，說話也吞吞吐吐，卻又不時會毫不遲疑地說出令我怦然心動的話語。平常的表情帶有些許陰影，說話方式說好聽叫做穩重，說難聽就成了冷淡，但偶爾露出的笑容卻仍然和十二歲時一模一樣。他的笑容會在我意想不到的時候出現，是多麼令人愛惜，又迷得我暈頭轉向。

我想像出來的就是這樣的「瑞穗同學」。後來重逢的時候，發現他實在有太多地方和我的想像一致，讓我震驚不已，但關於這點，我晚點會寫到。

我一回到家，最先檢查的不是信箱，而是玄關外的貓頭鷹擺設背後。因為我請認識的郵差收到寄件人寫著湯上瑞穗的信時，幫我放到這裡。當然並不是每次都由同一位郵差送信，所以有時候信也會直接投進信箱。

我朝貓頭鷹背後看去，沒有信寄來，嘆了一口氣後打開門。然後我就後悔了，我應該先查看屋裡的情形再進去。

繼父放下公事包，正在脫鞋子。

我心不甘情不願地說聲：「我回來了。」繼父迅速轉身背向我，將一樣東西塞進西裝內側口袋。這副模樣讓我硬是覺得事有蹊蹺，有股不祥的預感。

「好。」繼父應了一聲。我心想，聲音有些生硬，心裡有鬼的人就是會做出這種反應。我的不安不斷增長。

我毅然問看看：

「請問，你剛剛藏了什麼嗎？」

「……啊？」

繼父的嗓音突然變得混濁，看樣子他進入了備戰狀態。他深深吸一口氣，以備隨時都能大吼。

不過這樣我就知道了。他肯定心裡有鬼，而原因就是他塞進內側口袋的「東西」。若非如此，這個厚顏無恥的男人怎麼可能會偷偷摸摸地藏起尋常的郵件？

「是寄給我的信。」繼父以威逼的口氣說：「妳這是什麼口氣？」

兜圈子問也只會被他轉移焦點，所以我單刀直入地問了：

「如果是這樣，可以讓我看看嗎？看一眼就好。」

繼父的臉上瞬間露出倉皇的神色。不過這種感情才剛誕生，就又轉化為怒氣。這種時候先發脾氣吼人就贏了，這是他的信條之一，也只有在面對比他劣勢又無力的人時，這種方法十分奏效。

「妳以為妳是誰？」

繼父逼近過來，一股油膩的臭味直衝鼻腔。我被他揪住衣領，輕輕打了一巴掌。但也正因為如此，我才能夠看清楚從他胸前微微露出的信封。從灰色的高級信紙與郵遞區號的筆跡，我確信這就是瑞穗同學寄給我的信。同時，繼父也注意到我的視線，放開揪住衣領的手，將我一把推開。

「看不起人也要有個分寸。」他留下這句話，就爬著樓梯上樓。我本想追上去，但腳不聽使喚，因為身體知道反抗他也無濟於事。

我當場腳軟倒地。相信繼父等一下就會將書房上鎖，閱讀這封瑞穗同學寄給我的信，我明明最不希望讓他知道。然後他就會覺得又多掌握到一個我的弱點而暗自竊笑。

他從以前就是這樣。也不知道該不該說是偷窺狂，繼父就是一直想知道家人的祕密。明明標榜著男子氣概，卻有著這種娘娘腔的一面。母親每次接電話，他都會要母親一五一十地報告電話的內容。所有郵件都會擅自開封，一有機會就會偷看家人的手機。（他沒買手機給我，所以我不曾在這方面受害。）目擊到繼父進我房間亂翻抽屜，也已經不是一次、兩次的事了。

都到這個地步了，信被看到就算了吧。反正信上也沒寫什麼見不得人的事，除了我一直在說謊這件事之外，我們的信件來往可說健全到不行，被人看到也不怎麼為難。

我現在最害怕的，是繼父為了隱匿「偷看女兒的信」這個事實，而將物證丟到車站或便利商店垃圾桶之類的地方。光是想像就心悸不已，那是我的寶物、我的信仰、我的生命，失去它遠比被火紋身還難受。

隔天繼父一去上班，我就顧不得面子，翻遍了全家的垃圾桶。連設置在繼父通勤路線上的垃圾桶，我也都拿著手電筒全部找過。最後在他公司旁邊的便利商店廁所垃圾桶裡，找到了被揉成一團的灰色信封。

然而最重要的信紙，不管我怎麼找就是找不到。

如果只發生一次這種事，只要當成弄丟了就好。只要在信上寫說我想拿去別的地方看，結果放進書包帶出門卻不小心弄丟，就沒事了。可是繼父在這次的事情中食髓知味，以後多半也會仔細查看信箱和信箱附近。然後一發現寄給日隅霧子的信，就會高高興興地塞進內側口袋，躲起來看完，陶醉在優越感當中，最後揉成一團，在通勤途中找地方扔了。

我心想，要繼續通信也許會有困難。

為什麼我無法將「信被繼父找到」的事實「取消」呢？我想多半是因為我的內心深處，對於一直對瑞穗同學撒謊這件事感到內疚。這種不健全的關係應該要斷絕，這次的事情不就是停止這種筆友關係的機會嗎？——只要曾有一瞬間有過這樣的念頭，願望就會失去純真、失去堅定，讓「取消」變得困難。

會覺得壞事總是一起找上門，多半是「一開始洗車就會下雨」這一類的錯覺，但因為找不到信而墜入失意谷底的我，當天又落到了更慘的下場。我在午休時間上學，剛走進教室，就被幾個女生揪著衣領拖到體育館倉庫去。我從以前就知道她們盯上我了，所以也不怎麼驚訝，感覺就和看到灰濛濛的天空下起雨來差不多。

我在班上受人厭惡，並不是因為我強得極端，也不是因為弱得極端，而是因為我要強不強、要弱不弱。我的強悍足以讓我做出抵抗，但並未強悍到足以保護好自己；我不是軟弱到會完全屈服，卻又軟弱得會放棄改善現狀。無論是運動、桌上遊戲還是凌虐，打倒這種「看似很強卻很弱」的人才是最好玩的。

即使有所自覺，但也不是因此就能變得更強或更弱，光是覺得了解原因，不安的情緒就能減輕許多。人生過得越悲慘的人越會趨於自省，多半也就是因為這樣吧。

我被六個人輪番打了一頓後，被她們按壓在地上。她們撬開我的嘴，將桶子裡的髒水往我嘴裡倒。不知道這水是從哪裡來的，但學期末大掃除中用過的水，正好就像這樣混濁。看來不管是哪個傢伙，都很愛要我喝些怪東西。我停止呼吸，試著拒絕嚥下去，卻有人使勁揪住我的喉嚨用力一壓，這一壓我就忍不住吞下了相當大量的髒水。摻雜洗潔劑與塵埃的滋味填滿口腔，從喉嚨往胃部流動。我忍不住吐了出來。真受不了，最近怎麼老是在吐。

幾個同學叫我自己收拾乾淨，然後就心滿意足地離開了。我到洗手台前，再次吐出髒水，然後清洗衣服和身體。弄濕的制服不斷滴水，我忍耐著從身旁走過的人們投來的視線，到走廊打開教室前的置物櫃，卻找不到應該放在裡頭的運動服。這時我忽然注意到幾公尺前方的洗手台水龍頭開著沒關。不出所料，運動服就在那裡泡水。這些人實在計劃得很周到，真不知道是什麼動力驅使她們做到這個地步？

我去保健室借了衣服來換，用吹風機吹乾制服與運動服。眼睛越來越對不準焦距，心中有些東西眼看就要瓦解了，但我勉強撐住，做了好幾次深呼吸，將淤積於體內的氣體呼出去。有人說苦難會讓人變得豐饒，但我受到人們凌虐，只變得越來越空洞。所以這多半不叫做苦難，應該叫做消耗。

我一天天被磨耗殆盡。

放學後，我繞到圖書館，坐在堅硬的椅子上寫信給瑞穗同學。光是寫出「我想直接跟你見面說話」這一行，就花了二十分鐘。「有些事情無論如何就是沒辦法在信上說出來。我希望我們能看著彼此的眼睛，聽著彼此的聲音，好好聊一聊。」

透過信件交流已經變得困難。我沒有手機，要在家人的視線下用市內電話交談，終究有困難，我又沒有錢可以用公共電話聊到滿意為止，可是我還是想繼續和他交流。這樣看來，唯一的方法就是直接見面，除此之外別無選擇。我決定去見瑞穗同學。

但話說回來，這其實是個希望渺茫的賭注。相信瑞穗同學三兩下就會看穿虛構的「日隅霧子」與真實的「秋月霧子」之間的差異。如果只聊幾個小時，也許還有辦法蒙混過關，但若要以信件以外的方式維持和他之間的關係，就無法一直隱瞞我的真面目。

在和瑞穗同學重逢時，我應該會坦承自己的謊言。不知道他會做出什麼反應？他這麼善良，即使知道自己被騙了將近五年，我想他也不會表露出怒氣。但他肯定會失望，而這一點讓我害怕得不得了。

又或者我太樂觀了。不能因為自己對事情無感，就認定別人也是這樣。真要說起來，我可是有著無論何時何地都能惹人厭的稀有體質，我必須把這點也考量進去。

最糟的情況是，瑞穗同學說不定會真心輕蔑我的謊言，再也不和我說話，自此從我的人生中消失。不，說不定在這之前，他根本就不會答應我的提議。雖然他在信上跟我聊得很親暱，但對我的興趣也有可能並未強烈到想要直接見面。他若覺得我這女人臉皮太厚而疏遠我，也是有可能發生。

我的確能夠「取消」這些情形。從八歲時找到疼愛的灰毛貓被車撞得稀爛的屍體的那一天起，我就是個魔法師。從那次之後，我就能夠將不願發生的事情「取消」到一定的期間。

然而只要被瑞穗同學討厭過一次，即使我「取消」事實，腦子裡還是會剩下「被瑞穗同學拒絕過」的記憶。處在這種狀況下，還能一臉不知情地繼續跟他當筆友嗎？

當所有希望都毀掉時，我該如何是好？

其實很簡單，我就一如往常陶醉在想像當中，最容易想像的就是列車。時刻是幾點都沒關係，不過就定在傍晚吧。我站在平交道前，一個沒什麼人經過的小平交道。噹噹噹。警示音開始響起。我看準時機，鑽過柵欄，躺到鐵軌上，頸子和小腿碰到鐵軌。我仰望星空幾秒鐘後，慢慢閉上眼睛。震動沿著鐵軌傳了過來，車頭燈尖銳的光線刺進眼瞼底部。列車發出煞車聲，但為時已晚，我的脖子一瞬間就切斷了。

就是像這樣的想像。我認為這樣的世界挺不錯的，有好幾種能夠輕鬆且確實斷絕自己性命的方法。正因為如此，我才能以不在乎的態度活在世上。「如果妳再也無法忍耐這個遊戲，只要關掉開關就好了。妳有這個權限。」我會姑且為了了解這個惡劣遊戲的全貌而持續握住遊戲手把，直到再也忍耐不了為止。附帶一提，這十七年玩下來，我懂了一件事，那就是在這款遊戲中期望知道「製作者的用意」也只是白費心機。

我補眠到閉館時間來臨，然後將信投進門口的一個老舊的郵筒中。一旦走在四處流露出溫暖燈光的住宅區內，就會覺得每個家庭都十分圓滿。然而實際上當然不可能這樣，相信每個家庭都有棘手的問題。但至少，他們的家裡並未傳出怒吼或尖叫聲。

我以《Please Mr. Postman》（註18）曲中女子般的心境等候，一週過去了，瑞穗同學並未回信。我越等越要發瘋，不祥的想像停不下來。他是不是為了思考如何拒絕才會晚回信？還是他只是在忙於課業跟社團活動？是不是他的信寄來了卻被繼父截走了？是不是因為我沒提到他上一封信的內容而惹他不高興？是不是瑞穗同學出了什麼事？是不是他覺得我是個厚臉皮的女人而受夠我了？他是不是再也不會回信了？還是我的謊言早就拆穿了？

我在圖書館陰暗的廁所裡，盯著鏡中的自己。眼窩有著很深的黑眼圈，眼球又黑又濁。我心想，怎麼可能會有人想見這種像鬼一樣的女人？

十天過去了。我開始將實踐平交道與鐵軌的想像納入考量。

從圖書館回家的路上，我看到那位認識的郵差走出我家，騎車離開。我砰然心跳地去翻找貓頭鷹擺設的後頭，然後染上失望的心情。為防萬一，我還看了看信箱附近，卻還是沒找到信。我不肯死心，又找了一次貓頭鷹擺設的後頭。什麼都沒有。

我呆呆站在原地，只覺得一切都可恨得不得了，正想著如果打壞這個貓頭鷹擺設，是不是心情會好一些，結果就有人從背後跟我說話。

我轉過身去，似乎是特地調頭回來的郵差，我對他打聲招呼。這位年紀大概不到四十五歲的矮個子郵差，親切地對我回禮。

他的手上握著一封紙質高級的灰色信封。

在我耳邊說：

「我剛剛才過來，正要像平常一樣把這個放在貓頭鷹後面，可是妳爸爸正好回家。妳不希望被他發現吧？」

我滿心感謝，什麼話也說不出來。我一次又一次地深深鞠躬，鄭重道謝。他曬黑的臉擠出悲傷的笑容，相信他應該已經隱約察覺到我周遭的情形。他的眼睛彷彿在對我說：『很抱歉我什麼忙都幫不上。』我也用眼神回答：『你不需要放在心上，而且這種事不是很常見嗎？』

我不希望這瞬間受到任何人打擾，所以先去附近一處公車站牌的候車處，才拆開信封。我的手在發抖。為防萬一，我重新檢查一次收件人與寄件人的姓名。日隅霧子、湯上瑞穗。沒有錯，如果這不是基於我的願望而產生的幻覺，那麼這封信就確實是瑞穗同學寫給我的。

註18：《請等一下，郵差先生》，美國黑人女子合唱團瑪佛列特（The Marvelettes）的名曲，披頭四與木匠兄妹皆曾翻唱過。歌曲描述女子等待遠方男友來信的心境。

我拿出信紙，仔細咀嚼上面的文字。幾秒鐘之後，我靠到椅背上，仰望著夜空。我折起信紙，收進信封，貼在心臟上。嘴角自然揚起，露出了笑容，呼出的氣息比平常多了點溫暖。

瑞穗同學。我叫了他的名字一聲，這四個音節，就是我目前人生的一切。

學校發生有學生的錢被偷竊的事件，而該時段並未出席上課的我，就成了頭號嫌疑犯。我在教職員辦公室被兩位老師詢問當時在做什麼，於是我回答：「我的衣服被班上同學弄髒，所以在保健室吹乾，保健室老師應該知道，這麼基本的事情請你們一開始就去問清楚。」由於和瑞穗同學約好見面的時間剩下不到三十分鐘，我因為心急，忍不住說話帶刺。

兩位老師起了疑心。他們知道我平常受到什麼樣的霸凌，所以開始懷疑是我在報復，一口咬定我去保健室只是為了製造不在場證明。數學老師從旁插嘴，說如果我現在承認，就不用鬧上警局。被拖住的時間不斷延長。

等到約好的時間過了十分鐘，我就擅自溜出辦公室。「慢著。」老師抓住我的手臂，但我揮開他的手拔腿就跑。背後傳來吼聲說：「妳想逃跑嗎？」但我只當沒聽見。

一旦就這麼跑掉，一定會被當成犯人看待。不過我才不管，現在沒空跟你們耗，不管我再怎麼加快腳步，約好的晚上七點都已經過了。不過如果只遲到個一小時左右，瑞穗同學也許還願意等我。

我不顧旁人眼光全力奔跑，額頭冒出汗水。便宜貨的樂福鞋磨得腳拇趾破皮，心臟渴望氧氣而發出哀號，視野越來越狹窄，但我照跑不誤。從我家到他家畫出一條直線，這條直線的中心點有個小小的車站，瑞穗同學就是指定這個車站做為碰面的地方。所幸從我上的高中用走的就走得到，只要動作快，花不到三十分鐘。

然而禍不單行。我快要跑過一個轉角，就有一輛腳踏車衝了出來。雙方想也不想就躲避，卻躲向同一個方向，結果當場撞個正著。我的背重重撞在柏油路上，衝擊讓我一口氣喘不過來。我縮在地上咬緊牙關，等痛楚消退。騎腳踏車的高中男生跑了過來，一副倉皇的模樣對我道歉。我裝作若無其事，站了起來，說聲：「對不起，我趕時間。」然後就推開他，再度往前走。才踏出一步，腳踝就傳來劇痛，腳步踉蹌。

高中男生死纏著我道歉，我對他提出一個厚臉皮的要求。

「那個，撞到我的事就別再提了，相對地可以請你載我到車站嗎？」

他樂意接受我的請求。我坐上這個身穿深藍色制服外套的男生騎乘的腳踏車載物架，讓他載我到車站。就結果而言，比我用腳跑要更快趕到。好運尚未遠離我。

一來到站前的圓環，我就跳下腳踏車說：「到這裡就可以了。」拖著一隻腳趕往車站大樓。從矮樹叢向上延伸出來的時鐘，指著快到晚上七點四十分了。告知列車即將開走的響鈴迴盪在月台上，停靠的列車駛離。

我有不好的預感。

我獨自在日光燈閃爍的站內呆立不動。看著時鐘的秒針繞行三圈後，我坐在只有六張椅子當中的一張。

汗水乾了，身體變得冰冷，腦袋一陣陣抽痛。我從書包拿出文庫本，拿到膝上翻閱。我一心一意機械式地讓目光追著文字跑，卻吸收不到當中的含意。然而我不在意，仍然繼續翻頁。

我並不是認為只要這樣繼續等待，瑞穗同學就會喘著大氣跑來。而是得要花上一些時間，我才能接受自己糟蹋了難得的重逢機會這個事實。

「妳沒趕上電車嗎？」

回頭一看，送我到這裡來的男生就站在那裡。我懶得解釋，所以點頭敷衍。

他朝我深深一鞠躬：「對不起，都是我害的。」

我也低頭回禮：「哪裡，本來就不可能趕上。多虧你用腳踏車載我，抵達的時間反而早得多了。謝謝你。」

這個比我高一個頭、散發出一種憂鬱氣質的男生，將一罐從自動販賣機買來的熱奶茶遞給我。我說聲謝謝接過來，先暖了暖雙手，然後慢慢喝著。隨著心情鎮定下來，腳踝的疼痛也越來越劇烈，但比起被人惡意造成的傷痛，這根本沒什麼。

我仔細觀察隔了一個座位坐在我旁邊的這個男生。之前我滿腦子只想著赴約而並未注意到，他穿的制服很眼熟，卻又想不起是在哪裡看過。深藍色的制服西裝外套，搭配灰色的領帶。和我在上下學途中看到的幾種制服似乎都不一樣，也不是我以前想考的那間高中的制服。

我花時間找遍記憶的每一個角落。沒錯，大約就在兩年前，我在機緣巧合之下，借用圖書館的電腦搜尋一間高中的制服。這間高中的網站首頁放著一張照片，上面拍到的學生所穿的制服，就和他的制服一樣。

當我想著這個「機緣巧合」時，腦子裡突兀地冒出一個假設。但我立刻駁回了這個假設。哪有可能有這麼巧的事情？哪怕只是一瞬間，我仍然覺得抱持這種可笑期待的自己很沒出息。

他注意到我的視線，眨了眨眼睛，露出「怎麼了嗎？」的表情。我趕緊撇開目光。

他納悶地從旁看著我的臉好一會兒，視線很客氣，反而讓我更加緊張。

目送了上行列車離開，又目送了下行列車離開（註19）。

我們依然待在車站裡獨處。

「妳在等人嗎？」他問。

「不是，不是這麼回事。只是……」

我話說到一半就說不下去了。他在等我說下去，但我既然不小心察覺到「只是」後面要接的話是「你身邊待起來好舒服，讓我不想離開」，也只能閉嘴不說。真是的，我想對初次見面的男生說什麼鬼話啊？遇到有人對我好一點就這樣，太得寸進尺了。

又目送了一班列車離開後，我說：

「那個，很感謝你的關心，可是你不必沒完沒了地陪我耗下去。我並不是因為受傷不能動，只是喜歡待在這裡。」

「我們真合得來，我也只是喜歡待在這裡。」

「……是嗎？」

「今天，發生了一件有點悲傷的事。」他說：「我剛才會不小心撞到妳，也是因為滿腦子只想著那件事。雖然我現在因為對妳過意不去，沒有心思去想那件事，但等我一離開這裡，只剩自己一人，就得再度面對這種悲傷。我不想這樣，所以沒有離開。」

他打了個呵欠，閉上眼睛。

我的心情放鬆下來，身體也跟著放鬆，越來越想睡。

等到我發現坐在身邊的他就是自己崇拜的男生，已經是一陣子以後的事了。

驚人的是，我那「未免太巧的假設」幾乎和真相完全一致。瑞穗同學似乎是在約好碰面的地方等了三十分鐘，但等不到人，於是打算直接去對方就讀的高中，結果騎腳踏車騎到半路就撞到了我。要不是那個時候我們都往同一個方向閃避，結果撞個正著，也許我們就這麼錯過了彼此。我深深感謝這個偶然。

「我有事情要對妳表白。」瑞穗同學這麼說，而我竟愚昧地誤以為他要示愛，當場方寸大亂。由於我從平常就一直希望他能和我有著相同的心意，所以我一時無法想到有

註19：開往市區方向稱為上行，遠離市區方向則稱為下行。

其他的可能性存在。我滿心掙扎地想著：「啊啊，怎麼辦？」瑞穗同學的心意固然非常令人開心，但我不能接受他的心意。因為他喜歡上的人，和眼前的「秋月霧子」不是同個人。我本來必須立刻告訴他：「你喜歡上的人不是我，而是我打造出來的虛構人物『日隅霧子』。」

但這句話卡在喉嚨發不出來。一想到只要我不作聲，瑞穗同學就會對我輕聲說出愛的話語，心中的倫理、良心與真心都當場消失無蹤。我狡猾的那一面對我說，等聽完他的表白，再告訴他真相也不遲。何妨先緊緊擁住這短暫的幸福，然後揭曉自己是沒資格讓他愛的「秋月霧子」，再讓他輕蔑自己就行了。無論是在他表白前還是表白後說出來，都沒有太大的差別。我都過著這樣的人生了，擁有一瞬間的美夢又有什麼關係？

「霧子，我從國中就一直瞞著妳一件事。」

我心想，原來你從那麼早以前就喜歡我了？不由得開心起來，同時也悲傷起來。原來我從那麼早以前就一直在辜負瑞穗同學嗎？讓他看到一個根本不存在的「日隅霧子」的幻影來玩弄他嗎？

我的良心甦醒過來。「瑞穗同學，那個，我……」我拿出勇氣開口，但瑞穗同學搶先一步說道：

「事到如今我也不敢要妳原諒我，但我還是非得對妳道歉不可。」

道歉？

這個時候，我才總算注意自己誤會大了。

他要表白的不是對我的愛意。

那麼，他到底要表白什麼呢？

到底要為什麼道歉呢？

「**信裡的『湯上瑞穗』，是虛構的人物。**」他說：「他是我為了繼續和妳當筆友而創造出來的人物。待在這裡的我，也就是真正的湯上瑞穗，和信上的他是不同人。」

「這，到底……」我處在半恍惚的狀態下回問：「是怎麼回事？」

「我照順序解釋。」他說。

於是，我知道了真相。

我一直只想著自己的事，聽完瑞穗同學的表白，因為過度震驚而錯過了表白自己謊言的機會。他和我從同一個時期開始就為了同樣的理由而說著同樣的謊言，我覺得好開心，他的外貌、氣質與說話方式和我的想像完全一致，也讓我好開心，好開心好開心好開心，開心得根本沒有心思揭露自己的祕密。

等我恢復幾分平常心之後，我聽著自己說出想都沒想到的話。

「這樣啊。所以你一直在騙我囉？」

我也不想想自己，說這是什麼話啊？

「對。」瑞穗同學承認。

「你真的一個朋友也沒有？」

「沒錯。」他又點了點頭。

「原來如此。」

我說到這裡先頓了頓，把空了的罐裝奶茶拿到嘴邊假裝喝了一口。

「妳看不起我也沒關係，」瑞穗同學說：「我對妳做了這麼過分的事，對妳說謊長達五年。我今天會來到這裡，是因為我想跟十七歲的霧子說說話，哪怕就只有這麼一次也好。我不指望更多，已經心滿意足了。」

我心想，他的確是個騙子，卻是個誠實的騙子。

而我，則是個不誠實的騙子。

「瑞穗同學。」我喚了他一聲。

「怎麼了？」

「下一個問題，請你千萬不要說謊，老實回答我。你和我見過面後，有什麼樣的感想？」

他嘆了一口氣。

「我不想被妳討厭。」

「既然這樣，」我立刻接口：「我就當你的朋友。」

這本來應該是我要懇求他的事，但我卻利用了瑞穗同學的誠實。

他微微睜大眼睛，然後輕輕露出微笑，以沙啞的聲音說：「謝謝妳。」

也許這種謊言是不必要的。只要坦白說出我也一樣沒有朋友，不管在家還是在學校都受人凌虐，也許瑞穗同學和我就會陷入某種相互依賴的關係，在自暴自棄、不健全而糜爛的關係裡自在地向下沉淪。

然而，哪怕只有一次也好，我就是想當個平凡女生和別人相處。我盼望能夠不受到輕蔑或憐憫，不用去管家人或過去，讓別人看看我扮演出來的我。最重要的是，我希望在現實當中，也能嘗試自己透過信件往來而培養出來的幻想——並且是單方面的嘗試。

我利用這個立場做的第一件事，就是增加我們兩個人一起度過的時光。

「我認為瑞穗同學應該要增加和別人相處的時間。」我說：「在我看來，你最大的問題就是已經讓自己太習慣『一個人的節奏』。所以，瑞穗同學必須先從『兩個人的節奏』開始，照順序一步步回想起來。」

我說這話只是隨口編造理由，卻也是我平常針對自己想到的念頭。

「我懂妳的意思。」瑞穗同學說：「可是，要怎麼做？」

「只要跟我更頻繁地見面就好了。」

「可是，這不會讓妳為難嗎？」

「你覺得為難嗎？」

「不會，」他搖搖頭說：「我很開心。」

「那麼，我也很開心。」

「……妳有時候會說一些讓我聽不懂的話。」

「那是因為我覺得不必讓你聽懂也沒關係。」

「原來如此。」

他聳聳肩膀。

此後，我們開始每週三天，在星期一、三、五的放學後兩個人一起度過。車站會有遇到熟人的危險，所以我們選擇了從車站走路五分鐘左右的歐風住宅區內，在一座設立於小溪溪畔步道旁的歐式涼亭，做為會面地點。

我們在這座漆成綠色的六角形屋頂下只有一張長椅的小涼亭裡，放好CD播放器，插上耳機，一人聽一邊。我們輪流拿CD來，兩個人一起聆聽。我們在信上充斥著大量的言語往來，但受到信件本身的侷限，以前我們能夠分享的，就只有過去發生的事情。所以像這樣共享現在進行式的經驗，頗新鮮又有樂趣。

我們不時會說出感想，或是解釋精采的部分，但基本上就只是默默聽著音樂。串起兩人的耳機線很短，我們自然而然會將身體挨在一起，一有什麼動作肩膀就會相碰。

「霧子，妳會不會覺得太擠？」瑞穗同學難為情地問道。

「會是會，可是，為了讓瑞穗同學習慣和人相處，這樣應該正好吧？」

我找了個煞有其事的理由，將這樣的距離正當化。瑞穗同學只說了聲「的確」，就靠到了我肩膀上。「好重。」我這麼抱怨，但他假裝專心聽音樂，不理會我的抱怨。

真是沒轍。不是對瑞穗同學，而是對我自己。我利用說謊得到的立場，對一個男生為所欲為。這是一種天理難容的卑鄙行為，就算被天打雷劈，被落石砸中，或是被汽車撞死，都沒有資格抱怨。

我想到，遲早有一天，非得說出實話不可。然而每當看到瑞穗同學內向的笑容、每當他的身體碰觸到我、每當他喚我一聲「霧子」，我的誠實之心就會大為動搖。

再一下就好，能不能讓我在這個夢裡再陶醉一下？於是，我就這麼沒完沒了地持續說謊下去。

不過，從我和瑞穗同學重逢，大約過了一個月，這段關係就唐突地結束了。我的面具被扯下，他看到了我的真面目。

從偷竊事件發生的翌日起，我就被班上同學當成小偷看待。由於從以前就有空穴來風的謠言說我在賣春，事到如今只是被叫成小偷，根本不用當成一回事。但在這間有許多人手腳不乾淨的高中，錢包或一些小東西被偷的情形是家常便飯，這些責任也全都歸到我身上。就連我從未踏進一步的三年級教室裡發生的學生證失竊案，也都當成是我做的。我偷這種東西是會有什麼好處嗎？

放學後，出了校門後走了一會兒，就被一群埋伏在這裡的傢伙逮住，我書包裡的東西全被撒到馬路上，連制服口袋與錢包裡頭都被仔細檢查。照這情形看來，置物櫃和抽屜大概也都已經被翻過了。

他們當然找不到要找的學生證，大約二十分鐘搜查就結束了，但事情並沒有這麼容易結束。他們把我推進溝渠洩憤，裡頭雖然沒水，但有發出腐臭的黏稠汙泥與堆積了將近二十公分厚的枯葉。我在著地的同時腳下一滑，就埋進了汙泥當中。然後書包裡的東西接連被丟下來，笑聲漸行漸遠。

大腿傳來一陣尖銳的痛楚，似乎是跌下來的時候被什麼東西劃過，傷口外翻，鮮血直流。要是待在這麼髒的地方，說不定會感染細菌，得分秒必爭地離開這裡才行。但腳卻不聽使喚，既不是因為疼痛，也不是因為看到傷口駭人的模樣而震驚。我有種像是胃被人用力握住的感覺，呼吸的節奏越來越亂，看來我也會和常人一樣覺得很受傷。

我告訴自己說，和國中時在冬天被推進游泳池的經驗比起來，這根本沒什麼。我在冰冷的汙泥裡躺著不動思考，溝渠比我的身高還深得多，就算跳起來能攀到邊緣，要爬上去多半也很難。應該會有地方放著梯子，可是在去找梯子之前，我得先把散得到處都是的物品收集起來才行。筆記類的東西可能已經不能用了，所以只拿最基本的東西走吧。今天就放棄去碰頭地點吧。只要說身體不舒服就好，等我成功離開這裡，就直接回家，先用手洗過制服再丟進洗衣機……之後的事情就等到時候再想吧。

本來要和瑞穗同學一起聽的CD掉在一旁，撿起來一看，光碟已經裂開了。我四處張望，天色本來就暗，再加上溝渠兩旁設有圍欄，我的身影不會被任何人看見，所以我想睽違許久地哭哭看。我抱住雙膝，縮起身體，發出嗚咽聲。一旦開始哭泣，眼淚就源源不絕地流出來，讓我找不到機會停止。

把我推下溝渠的那些傢伙，似乎並未把書包裡的所有東西都丟掉。有幾張講義和筆記留在馬路上，被風吹得到處飛散。其中一張，就被正想兜個圈子回家的瑞穗同學撿起。他的耳朵很靈敏，並未忽略我那混進風聲中的哭泣聲。

我聽見有人爬上圍欄，往內側跳了下來。我趕緊壓抑哭聲，屏氣凝神。無論來的人是誰，我都不想被人看見渾身汙泥哭泣的模樣。

「霧子？」聽到這個熟悉的嗓音，我的心臟差點當場凍結。我不及細想，低下頭試圖遮掩身分。我窘迫地心想，為什麼？為什麼瑞穗同學會在這裡？為什麼他會知道縮在溝渠裡的人是我？

「是霧子吧？」

他又說了。我保持沈默。可是當他又喚了一次我的名字，我就下定決心表明身分。

反正遲早都得說出來。就是因為一直拖延到現在，才會變得非用這種最糟糕的方式拆穿謊言。

這是報應。

我抬起頭，問說：

「你怎麼會知道我在這裡？」

他沒有回答這個問題。

「啊啊，果然是霧子啊。」

瑞穗同學只說了這句話，就把一個東西往上空一扔，輕巧地跳下來，坐倒在汙泥裡。這一跳之下濺起了汙泥，還有幾滴濺到我臉上。接著又有各式各樣的東西掉下來，看來他扔出的是掀開的書包、教科書、筆記與鉛筆盒等物品，也都接連掉進汙泥裡。

瑞穗同學就像我先前遭遇的那樣，躺在汙泥裡動也不動，也不管他的衣服與頭髮都沾滿了汙泥。

我們彼此沉默了一會兒。

「吶，霧子。」

「是。」

「妳看那個。」

瑞穗同學指向正上方。

聽他這麼一說，我想到今天是冬至。

我們並肩躺在那裡，從溝渠裡仰望滿月。

大腿的傷勢就不用跟他說了。我不想讓他更擔心。

我一邊在陰暗的溝渠裡走得腳步聲啪噠作響，一邊有一句沒一句地招出我說的謊言。包括我從國中那時候就一直在信上寫的謊言；包括繼父和繼姊來了以後讓家裡變了個樣的情形；包括我從這個時候起，在學校也開始受到霸凌，再也找不到容身之處；還有包括過去我所受到的各種凌虐。

他並不刻意應聲或隨口說些感想，只默默地聽我說。以前我曾經試過一次，找每週會來高中一次的心理諮商師訴說我的煩惱。諮詢師是一位二十四歲的碩士班學生，不管我說什麼，他都會以令人厭煩地誇張且形式化的方式回應。總覺得這是過度強調他「好心在聽我說話」，硬要我接納他的誠懇，覺得很不自在，這個印象我記得很清楚。所以瑞穗同學肯默默聽我說話，讓我覺得好高興。

我只是希望他知道我真實的樣貌，並不是要他憐憫。所以即使提到家暴與霸凌的話題，我仍極力以平淡的語氣述說。

但我仍然讓他為難，這個事實並沒有改變。聽到這麼嚴重的祕密，不管是誰，都無法避免會受到某種責任感驅使。「我非得說些能夠安慰她的話不可」。

但這種魔法般的話語並不存在。我面臨的問題太複雜，根本無從提出具體的解決方案，而且只要得到「妳一定很難受吧」或「能忍耐這種事，妳真了不起」之類的認同，就能讓我好過的階段也早已過去了。除非有人陷入和我一樣的狀況，而且還加以克服，否則所有安慰的話語聽在我耳裡都顯得空虛。

真要說起來，一個人真的有可能安慰另一個人嗎？到最後，所有除了自己以外的人，終究只是局外人。人若只是要在為自己祈求的過程中，增添為別人祈求的部分，相信是辦得到的。但要純粹只為別人祈求，應該是不可能的吧？到頭來還是得歸結到廣義的利害關係是否一致，不是嗎？

他多半也是抱持同樣的念頭，對於一直說著先前所受痛苦的我什麼話也沒說，默默握住我的手。這是我這輩子第一次，和一個明顯當成異性看待的人牽手。

我大概是想掩飾難為情，忍不住對他說了冷漠的話。

「這種事情就算跟你說了也無濟於事吧。」

他握住我手的力道一瞬間變弱。瑞穗同學很聰明，相信他早已發現我這句話背後隱藏的用意。

沒錯，言外之意就是在問他：

『你有辦法拯救我嗎？』

沉默維持了三十步左右的時間。

他喚了我的名字。

「吶，霧子。」

「什麼事？」

緊接著，瑞穗同學抓住我的肩膀，將我按到背後的牆上。他這一連串的動作進行得很平靜，所以我的頭或背都並未撞到牆壁，不過這種舉動實在太不像瑞穗同學會做的事，讓我一時之間動搖得連玩笑話都說不出來。

他的嘴湊到我耳邊，輕聲說：

「要是妳真的對這一切都厭倦了，到時候記得跟我說。我會殺了妳。」

我想這應該是他百般思量後得出的答案。

「……瑞穗同學真是個冷酷的人呢。」

我會說出這種言不由衷的話，因為我覺得一旦說出「謝謝」，就會當場痛哭失聲。

「是啊。我想我多半是個冷酷的人。」

瑞穗同學落寞地笑了。

我的手繞到他背後，慢慢地擁進他的懷裡。

他也以同樣的方式回應。

我其實很清楚。這乍聽之下十分瘋狂的發言，正是他以正經得無以復加的態度，思索如何拯救我的鐵證。到頭來，想要擺平這種沒救得無可救藥的狀況，只有這個方法。

最重要的是，我並不是單純被殺，而是**死在瑞穗同學的手下**。一個我信賴的男生答應我，一旦時候到了，就會為我所有的痛苦畫上休止符。我從未聽過比這更能安慰我的承諾，以前沒聽過，以後多半也不會聽到。

我在瑞穗同學家裡借用了淋浴間和衣服，他說他雙親都是過了十二點才會回家。我們洗制服時，委身於一時的衝動之中，做了那麼一點點年輕男女會做的事。看在旁人眼裡，相信只是一些微不足道的小事，但對於過著像我這種人生的人來說，已經是足以讓我好幾天精神恍惚的大事。

我們想締結的，是一種徹底不健全且沒有出口的關係。仔細想想，因為從一開始就沒有出口存在，我才能放心跳下無底的沼澤。

心靈的距離就這麼縮短了，表面上雖然仍維持著和以往一樣的關係。要說有哪裡改變，就是放學後約見面的頻率增加為兩倍，以及一起聽音樂時，瑞穗同學會把他平常圍在脖子上的胭脂色圍巾也分一半圍到我脖子上。

色彩從景色中消退，雨換成了雪，淺灰色的冬天來臨了。我們這天也穿著外套，依偎在一起，在涼亭裡聽著音樂。我昨天和前天都睡眠不足，忍不住呵欠連連。

瑞穗同學露出苦笑說：「妳覺得無聊嗎？」

「不是，不是這樣。」我揉著眼睛說：「最近我常去的圖書館開始了修建工程。」只說這麼幾句話，他當然不可能聽懂，所以我補充說明了在睡眠不足的日子就會去圖書館自習室補眠的情形。

「妳在家果然沒辦法好好睡覺嗎？」

「是啊。尤其最近繼姊的朋友出入頻繁，繼父又是不管多吵都睡得著，不會管這種情形。像昨晚我就在凌晨兩點半左右被挖起來，被他們抓去實驗穿耳洞。」

我將頭髮掛到耳後，露出耳朵上開出的兩個小洞給他看。瑞穗同學把臉湊過來，仔細瞧了瞧。

「我想這放著不管也會痊癒，不過沒用消毒水或軟膏處理過，所以有點擔心。」

「一定很痛吧？」

「不會，也還好。因為被刺也只有一瞬間。」

瑞穗同學的手指沿著剛弄出來的傷口周圍撫摸。「好癢。」我這麼一說，他就摸得開心起來，就像在黑暗中想摸清楚形狀似的，用五根手指仔細撫摸我的耳朵。耳後和耳朵被他一碰，就覺得腦髓在戰慄，覺得自己好像在做什麼不可告人的事情。

「最近就算繼姊和繼父都很安分，我還是會抗拒在家裡睡覺。還是圖書館最能讓我熟睡，雖然不能躺下來，椅子也很硬，但是有CD和書，又非常安靜，最重要的是見不到我不想見的人。」

「可是圖書館卻在進行修建工程？」

「似乎至少還有二十天不能用，要是還有其他地方能像圖書館一樣就好了。」

瑞穗同學不再玩我的耳朵，陷入思索。他的手抵住下巴，閉上眼睛。

然後靈機一動。

「我知道有個地方幾乎完全符合妳說的條件。」

「……咦？我想知道。非常想！」

我探出上半身，瑞穗同學就不自然地撇開目光。

「那裡跟圖書館相比，藏書量差得遠了，不過有很多還不錯的書，當然也可以聽音樂。是個圍繞在樹林裡的地方，所以安靜得嚇人，而且也沒有什麼關門時間的限制。不用收費，甚至還有地方可以躺。」他說到這裡，正視我的眼睛。

「只是，有一個致命的扣分因素。」

我忍著笑意說：「那個地方是瑞穗同學生活起居的地方，對吧？」

「正是。」他點頭說：「所以，說不上是太好的提議。」

「坦白說呢，這對我來說是大大加分的因素。只要瑞穗同學不覺得困擾，我馬上就想上門打擾。」

「……那麼，今天的音樂就聽到這裡為止吧。」

瑞穗同學關掉CD播放器，從我耳邊輕輕摘下耳機。

我不曾進過瑞穗同學以外的異性房間，所以我分不出這個房間裡的東西少得異常而欠缺生活感，這是顯露出他的個性，還是男生的房間普遍而言就是如此。只有一件事我很清楚，那塞滿了書本且高得幾乎頂到天花板的大型書櫃，並不是十七歲高中男生房間裡普遍會有的東西。一靠近書櫃，就聞到淡淡的老舊紙張氣味。

我換上瑞穗同學借我的睡衣，把褲腳折了三折後，對門外喊了一聲：「久等了。」瑞穗同學稀奇地看著換上他國中時代運動服的我。他的視線令我扭捏起來，於是我指向書櫃，將視線引導過去。

「真驚人，你的書好多喔。」

「可是我並不是每本都看過，」他以自嘲的語氣說：「而且我根本不愛看書。嚴格說來，比較接近一種收集癖。我喜歡逛舊書店，去買那種書名會頻繁出現在專門雜誌上的『姑且算是值得信賴的作品』。」

「你好用功喔。」

他搖搖頭說：「我做事只有三分鐘熱度，不管做什麼很快就會膩。所以才乾脆拿自己覺得最無聊的東西當作興趣。妳覺得是為什麼？」

「不就是因為失望的風險最少嗎？」

「沒錯。然後我不厭其煩地接觸下來，雖然並沒有變得喜歡閱讀，但已經懂得喜歡閱讀的人們有著什麼樣的心情。這是很大的進步。」他撫平床單上的皺褶，捲起毛毯，調整枕頭的位置。「現在先別說這些了吧。都準備好了，妳儘管睡吧。」

我在冰涼的床單上坐下，鑽進毯子裡把頭墊到枕頭上。連我自己也知道動作很生硬，但要我別緊張實在是強人所難。如果這世上有哪個女生要睡在自己心上人的床上卻不覺得緊張，我怎麼想都覺得這個女生已經失去了人類該有的某種重要特質。

瑞穗同學的氣味籠罩住我。我也不太會形容，說穿了就是別人的氣味，一種自己身上絕對發不出來的味道。他唯一一次擁抱我是在溝渠裡，所以當時聞不太出來，但要是把頭埋進瑞穗同學的懷裡，多半就會聞到這種香氣吧。而他的氣味在我心中，和安心感、喜悅與憐愛緊緊相連，難以分開。我甚至想偷偷把這條毛毯帶回去。

「我會算好時間回來叫妳起床。那麼，晚安。」

瑞穗同學拉上窗簾，關掉電燈，就要走出房間，但我叫住了他。

「不好意思，你可以陪到我睡著為止嗎？」

他以有點退縮的樣子回答：「我是完全沒關係，可是該怎麼說……要是我起了歹念，妳打算怎麼辦啊？」

我的臉有點發燙，多虧燈已經關掉，讓我不會被他看出這一點。

這樣啊。原來瑞穗同學有把我當成異性看待啊？

我一直想知道這件事。他對我的好意是純粹的友情，還是說也多少含有對異性的好感，這個疑問在此時得到了答案。一股溫暖在心中慢慢漾開。

「到時候，我會做形式上的抗拒。」我回答。

「不可以只有形式上啦。」他難為情地笑著說：「一旦妳覺得我會對妳亂來，儘管往我眉心狠狠揍一下。只要這麼一下，像我這樣的膽小鬼就會恢復理智了。」

「知道了，我會記住的。」

我牢牢記住，千萬不要打他的眉心。

瑞穗同學點亮檯燈，開始看書。我微微睜開眼睛看著他。

我想，我一輩子都不會忘了這幅光景。

我懷著這樣的念頭睡著了。

往後的日子裡，我頻繁地到他房間借床睡。我一換上睡衣，鑽進毛毯，瑞穗同學就會以幾乎聽不見的音量播放音樂，並隨我的意識遠去而慢慢降低音量。當我睡飽醒來，他就會幫我泡一杯熱騰騰的紅茶，然後讓我坐在腳踏車後座，送我回家。

自從有一次在半夢半醒之間，看到瑞穗同學輕輕幫我把掀開的毛毯重新蓋好後，我就學會了一種最輕微的翻身動作，能夠將毛毯自然地掀開。其中最難的環節，就是他輕輕抓住毛毯幫我拉上來時，要忍住不由自主想微笑的感覺。我似乎就是透過壓抑住笑容不表露出來，將心中產生的溫暖留在體內，愛慕他的心意也益發增長。

有一次，他湊過來仔細看我的臉。當時我雖然閉著眼睛，但從微微聽見的呼吸聲，就聽得出他蹲在床邊不動。

結果瑞穗同學完全沒動我。即使他真的做了什麼，我也會坦然接受，不，我甚至在等他有所行動。坦白說，如果他願意「起歹念」，我會非常開心。要知道我十七歲，他也十七歲了。十七歲就是一種會無法完全控制住自己而憋得很難過的年紀。

但我現在不奢求更多，只求能在看書的他身旁，讓一切都維持含糊不清，好好睡上一覺。我打算一直陶醉在這種來自不完整的完整當中，直到我們彼此再也忍耐不住為止。我將頭放到坐在床上的瑞穗同學膝上，任性地要求說，唱一首搖籃曲給我聽。他小聲地哼起了〈Blackbird〉（註20）。

就在我們悠哉度日的時候，結尾已經迅速逼近。我雖然早已隱約察覺到，沒想到它竟以遠比我想像中更驚人的速度悄悄逼近。

要是知道我們剩下的時間已經不到一個月，我們肯定會更快把彼此的心意毫無保留地傳達給對方知道，就像男女朋友那樣，把各式各樣能做的事情全都嘗試過一遍。

然而，我們沒能得到這個機會。

十二月底，一個昏暗的星期六，我帶瑞穗同學去遠方的一個市鎮。我們在電車上搖晃了一個小時左右，在一個幾乎令人誤以為是垃圾場的小車站下車。候車室裡布滿了失去主人的蜘蛛網，月台上掉著只剩一隻的手套。

我們走了三十分鐘左右，最後來到一處山丘上的公共墓地。開闊的原野上，散落著幾塊墓碑，其中一座就是我父親的墓。

註20：〈黑鳥〉收錄於1968年披頭四的《The Beatles白色專輯》中，為約翰．藍儂與保羅．麥卡尼所作，是首有著纖細旋律的抒情歌。

我沒帶鮮花，也沒帶香。簡單合掌祭拜後，就在墓碑前坐下，將父親的事情說給瑞穗同學聽。雖然沒什麼特別值得紀念的回憶，但我一直很喜歡父親。小時候每當被母親罵，或是跟朋友處不好，弄得心情低落時，父親就會邀我一起去兜風。車子開在什麼也沒有的鄉間道路上，汽車音響放著老派的音樂，而父親就會以連小時候的我都聽得懂的方式，解說這些音樂的可聽之處。皮特．湯申德說過的話，也是父親告訴我的。

我之所以會貪婪地找音樂來聽，搞不好就是因為能夠從音樂中感受到父親的存在。感受到家裡還很祥和，什麼都不必擔心的那個時候——那就是父親存在的象徵。

我說完父親的事，就唐突地提起：

「繼父似乎欠了債。他沉迷於賭博，我早就想過遲早會發生這種事，但金額遠超出我預料。用正常的方式，已經無論如何都還不完了。他欠的那些錢似乎不是從正當管道借來的，而且欠錢的原因是賭博，也就很難宣告破產。」

在家裡，雙親爭執不休。繼父這次似乎總算有點愧疚，並未訴諸暴力，但這也只是遲早的事。雖然我不知道會以什麼樣的形式執行，但等到下次繼父氣得失去理智，多半就會發生某種無可挽回的事情。我有這種預感。

我無法「延後」繼父的行為。他欠下的龐大債務，肯定會毀了我的人生。但對於這種慢慢蠶食的不幸，我的魔法就無法發揮效力。要發出「延後」所需的靈魂嘶吼，就必需有具體、直接、集中，且清楚明白的痛苦。

而且即使我「取消」了這筆債務，繼父也未必不會重蹈覆轍。到頭來，我的魔法根本派不上任何用場。

我起身拍掉衣服上的髒汙。

「好了，瑞穗同學，我也差不多累了。」

「這樣啊。」

「你會用什麼方法殺我呢？」

他沒有回答，瞪視著我。似乎是有什麼事情惹他不高興，這是他第一次對我露出這樣的表情，我被震懾住了。緊接著瑞穗同學以相當強硬的手法吻了我。在墓地初吻，非常符合我們的作風，而我就是滿心珍愛這種無可救藥的感覺。

四天後，時候終於到了。

我回到家，最先映入眼簾的就是母親的屍體。

不，當時也許還不是屍體，也許還處在只要立刻實施適切的處置就還救得活的狀態。可是不管怎麼說，幾個小時後再摸她的脈搏時，她已經成了屍體。

要是倒在地上的母親身上穿著和平常不一樣的服裝，也許我就會認不出她是我的親生母親。她臉上的肉就是被如此徹底打得稀爛。

我的腦子裡一片空白。

繼父坐在椅子上，把酒倒進玻璃杯。我正要跑向母親，他就以尖銳的聲音制止我說：「別管她。」我不理他，在母親身旁蹲下，仔細觀察她那腫起又滿是鮮血的臉，就在我倒抽一口氣的瞬間，感覺到太陽穴附近傳來強烈的衝擊與疼痛。

我倒在地上，繼父朝我腹部踢了一腳，我抱住膝蓋縮起身體，他就抓住我的頭髮硬把我拉起來，接著朝鼻梁頂端打了一拳。我的視野染成一片紅色，溫熱的鼻血當場溢出。平常他怕家暴的事情洩漏出去，絕對不攻擊臉，但今天他似乎完全脫了韁。

「妳也想把我趕出去吧？」繼父說：「妳就試試看啊。我會不擇手段，一輩子纏著妳們不放。妳們永遠逃離不出我的手掌心，因為我們是一家人啊。」

我的心窩附近又被踢了一腳，陷入呼吸困難的狀態。我覺悟到這場風暴會持續很久。考慮到要和瑞穗同學見面，我試圖用雙手至少死守住臉部。然後我將意識與身體完全分離開來，用音樂填滿空洞的腦袋。從珍妮絲．賈普林（註21）的《Pearl》開始照順序播放，等〈A Woman Left Lonely〉放完，繼父的暴力暫時停了下來，但這單純只是因為他長時間打母親打了太久，使得拳頭不能再打，就轉換成用皮帶鞭打的方式。他像是甩著皮鞭似地不斷揮動沉甸甸的真皮皮帶，一次又一次地打在我身上。每一下帶來的疼痛都足以令我不想再活下去了。當〈Mercedes Benz〉播放完——這首珍妮絲手上還握著買完萬寶路香菸找回的四塊五毛錢，卻因為攝取過量海洛因而猝死，而僅能收錄預錄的清唱音軌的最後一曲——他執拗的暴力仍然沒有要結束的跡象。我不再思考、不再看、不再聽、不再感覺。

我從已經連續好幾次的失神中醒過來。不知不覺間，風暴已經過去。聽見打開罐裝啤酒的聲響，嚼堅果的聲音迴盪在房裡。喀啦喀啦、喀啦喀啦。我已經連起身的力氣都不剩了，勉強轉動脖子，抬頭看看牆上的時鐘。從我回到家已經過了四個小時以上。我

註21：珍妮絲．賈普林（Janis Lyn Joplin，1943-1970），美國的歌手、音樂家、畫家和舞者。《Pearl》為她生前最後的遺作。

想站起，但雙手手腕被手銬之類的東西固定住，沒辦法自由活動。多半是用來整理電線的束線帶吧。他為了防止我抵抗，把我的手綁在身後。

我全身上下都是一條條的紅腫。沾滿血液的制服襯衫鈕釦被扯掉，弄得像是脫到一半，肌膚外露的脖子到背部都感覺得到火燒般的痛楚。不，應該是真的被燒過。我分辨得出這種痛。電線插著沒拔掉的熨斗就放在旁邊，所以多半就是這麼回事。嘴裡含著硬硬的東西，不用吐出來查看，也知道那是臼齒。我才想說怎麼苦味這麼強，看來原因在於牙齒斷掉的地方出血的緣故，出血的量大概多得夠用來漱口。

我看準父親去上廁所的空檔，爬向一動也不動的母親身邊，碰了碰她的手腕。

沒有脈搏。

我最先想到的是「繼續待在這裡，連我也會被殺」。要哀悼母親的死亡，也得等到逃到安全的地方再說。總之我得遠離他才行。我用爬的爬出客廳，在走廊上前進。來到玄關後，卯足最後一絲力氣站起，用身後的手開了門出去，然後拚命地往外爬。

肉體與意識一旦分開，就遲遲無法順利結合。我明明認知到自己發生了什麼事，但就是無法有切身的感受。我明明應該要「取消」這一切，但到了這個地步，我還是不由自主地覺得事不關己。說不定我早就瘋了。自己的親生母親被殺，為什麼我還能如此冷靜呢？

有人抓住我的肩膀，我的背脊發涼，連叫聲都喊不出來。恐懼讓我縮起身體，全身虛脫。

當我察覺到伸手的人是瑞穗同學的那一瞬間，我因為過度的安心感，差點就這麼昏了過去，然後才為時已晚地流出眼淚。眼淚像是泉水似地不停、不停地冒出來，我的腦子裡一團亂。為什麼他會在這裡？我明明不想被他看到自己這種模樣啊。

我請瑞穗同學幫忙解開束線帶，讓雙手重獲自由，獲得自由後，我最先做的就是遮住被打得滿是鮮血的臉。瑞穗同學脫掉大衣披在我身上，用力抱緊我。我死命抓著他，盡情大聲哭喊。

「發生什麼事了？」他問。他的嗓音極力調整到平靜的地步，以便讓我鎮定，但從呼氣的顫動，讓我知道負面的情感在他心中翻騰。

我彷彿不得要領，斷斷續續地說明。一回到家就看到母親倒在地上，跑過去一看，結果自己也被打了。之後我被施加各式各樣的暴力長達四小時以上，等到暴力平息，母親已經死了。他不厭其煩地聽完，迅速了解情況。

他幾乎花不了什麼時間，就做出了這個決定。

「妳等我一下，我很快就會好。」

他說完就走進我家。我的腦子混亂到了極點，甚至並未產生「他要去做什麼」的疑問。我明明應該盡快將繼父做出來的種種好事「取消」，但我卻被感謝瑞穗同學趕來的情緒擾亂，發不出靈魂的嘶吼。

雪開始降下來了。

瑞穗同學不到五分鐘就回來了。

看到他臉上與襯衫上滿是鮮血，我尚未嘆息，就先忍不住覺得好美。

他手上的菜刀述說著他進去做了什麼。

「騙子。」我說：「你弄錯要殺的人了。你不是說過會殺了我嗎？」

瑞穗同學笑著說：「我是個騙子這種事，妳明明早就知道了吧。」

「……聽你這麼一說，還真的是這樣。」

他犯了錯。

這是可以想見的範圍內最糟糕的結果。

但我就是無法將事情「延後」。

要我「取消」他為了我而下定的決心，是不可能的。

「吶，瑞穗同學。」

「嗯。」

「我們遠走高飛吧，盡可能走多遠就多遠。」

他背著我邁出步伐。在車站的腳踏車停放處偷了一輛沒上鎖的腳踏車，讓我坐在載物架上，載著我騎走。

我們都很清楚這趟逃亡沒有明天，我們絲毫不是真心想要逃走。

我們就只是想要擁有一點時間來道別。

瑞穗同學對我說，等高中畢業，我們一起生活吧。

我明知不可能，還是贊成了。

他踩了一整晚的腳踏車。深藍色的天空漸漸變成紫色，分為暗沉的紅色與藍色兩層。然後太陽升起，腳踏車奔馳在朝陽中。冷透的身體慢慢溫暖起來，道路上積著的一層薄雪開始融化。我們找了家便利商店，買了炸雞和蛋糕。店員是個不關心客人的大學生，即使看到我的臉，仍然一語不發就幫我們結帳。我們坐在長椅上吃著這些東西。

「有炸雞又有蛋糕，簡直像是生日。」我嘻笑著說。

「也是啦，實際上就是一種紀念日。」他開了玩笑。

一群上學途中的小學生，不可思議地看著這對一大早就吃得像在舉辦宴會，卻又滿身血跡與傷痕的高中生情侶。我們的模樣就是這麼髒兮兮，甚至有其中一個人說：「那是不是萬聖節？萬聖節扮裝。」我和瑞穗同學對看一眼，哈哈大笑。

我們再度開始移動。途中我們趕過了一群和我就讀同一所高中的學生，看到他們雀躍的模樣，我想起今天是我高中校慶的第一天。總覺得那就像是一個遙遠的世界裡所發生的事情。我們趕過的學生當中，還夾雜著幾個霸凌我的班上同學。他們看到我滿身淤傷，坐在一個渾身是血的男生所踩的腳踏車載物架上，往和學校不同的方向遠去，都當場啞口無言。

我把臉埋到瑞穗同學的背上，一邊放聲大笑一邊哭，一邊哭又一邊笑。感覺就像花了一段很長的時間，漸漸洗去沾染在體內的毒素。

最後我們到了遊樂園。這是我的要求，只要一次就好，我就是想和瑞穗同學去遊樂園玩。去到以前我和父母一起度過幸福時光的遊樂園。

雖然沾滿血的襯衫和上衣都被大衣遮住，但我臉上的淤傷與他身上的血腥味都掩飾不住，散發出與遊樂園不搭調的暴力氣息，使得從身旁走過的人們一直盯著我們。但我和瑞穗同學都不把這些事放在心上，牽著手走在遊樂園內。

他說想搭摩天輪，我說想搭雲霄飛車。我們天真地爭了好一會兒，結果他妥協了，於是我們先從雲霄飛車搭起。

而我的記憶就是從這裡開始變得模糊不清。

只依稀想得起，**這起意外在剛搭上雲霄飛車不久後就發生了**。

說不定那是天譴。

不是對瑞穗同學，而是對我的天譴。

怪聲、搖晃、飄浮感、金屬聲、衝擊、尖叫、混亂、從旁聽來的另一種怪聲、嘎嘎嘎嘎嘎嘎嘎嘎嘎嘎嘎嘎嘎嘎嘎、鮮血飛濺、尖叫、混亂、鮮血飛濺、肉片橫飛、尖叫、嘔吐、哭聲。

不知不覺間，瑞穗同學不見了，取而代之的是一團曾是瑞穗同學的物體。

我心想。

都是因為認識我，才害得瑞穗同學淪為殺人犯。

都是因為認識我，才害得瑞穗同學被壓成一團肉泥。

全都是我害的。

要不是有我在，就不會弄成這樣。

瑞穗同學不該認識我。

以前我一直把繼父當成瘟神。

但是我錯了。

我才是瘟神。

是我這個瘟神引來了繼父，引來了繼姊，害死了母親，害死了瑞穗同學。

一直到最後，我都只會給瑞穗同學添麻煩。

我聽著睽違許久的音樂盒音樂。

施展了前所未有的大規模「延後」。回溯到幾個月前的那一天，將我和瑞穗同學重逢的事實「取消」。我沒有資格和他重逢。

只是，「日隅霧子」沒有罪。她成了瑞穗同學的支柱，不必連她都除掉。所以我「取消」的，就只有重逢的部分。我只取消了瑞穗同學來見我的這個部分，將他變回平凡的高中生。

一定不會有事的。相信瑞穗同學即使沒有我，也能正常認識朋友、正常交到女朋友、正常活下去。

然後，我就把一切都忘了吧。忘了他為我說過的話、忘了他為我做的事、忘了他手掌的溫暖、忘了他給我的回憶。

因為光是想著我，都有可能害他感染到不幸。

我「取消」重逢後，年紀就不再增長。到了隔年，我還是高中二年級，還是十七歲。說穿了就是將我的年齡成長「延後」了，但我卻不記得自己祈求過這件事。

多半是我內心深處還不認命地想著，想著「至少保持在他愛我時的那個模樣」。我就這麼毫無自覺地期盼重逢的日子來臨。

第10章　該說晚安了

如今霧子的魔法已經快要解開，被「取消」的種種，都正要恢復本來的樣貌。

這座遊樂園恐怕就是因為我的死而廢棄。園內一片荒煙蔓草，也許是拆除到一半就放棄了，夢想的殘骸維持在半毀的模樣留在那裡。

走出滿是枯葉的車廂後回頭一看，沒通電而生滿鏽的摩天輪，被呼嘯的寒風吹得微微搖動。控制室裡沒有一個人在，髒兮兮的玻璃已經破得面目全非。

看來園內只剩下我和霧子。

「妳是從什麼時候開始，發現我就是湯上瑞穗？」我問。

「萬聖節那天，我在回程列車上靠著你睡著時，就覺得有種很懷念的感覺。」霧子說：「那就是起因。」

我們小心翼翼地走下到處都有破洞的鐵樓梯，牽著手在廢棄的遊樂園裡走動。燈並未全部故障，不少地方還剩下閃爍的燈光。路面石板滿是裂痕，到處都長了雜草。

旋轉木馬圍繞在捲著乾枯藤蔓的柵欄中，白馬的油漆完全剝落，還有幾輛馬車翻倒在地。雲霄飛車的搭乘處長著茂盛的芒草，車輛則用藍色塑膠布蓋住。我們徒步走在長了青苔的鐵軌上，看到底下沒放水的游泳池裡有著一座由斷垣殘壁堆出來的小山。長椅、招牌、兩人座的腳踏車、碰碰車、帳棚、斷手的士兵人偶、少了鼻子的小丑、溜冰鞋、輪胎、機油罐、瓦楞鐵皮、積了汙垢的花與鳥形擺飾。

我問：

「為什麼妳對自己的死連一個月都『延後』不了，對別人的死卻能夠足足『延後』五年？」

「從反方向思考，應該就會很好懂吧。」她說：「我就只有對於自己的死，沒辦法『延後』長達五年。」

我恍然大悟。

理由多半不用問也知道。

在這幾個復仇對象當中，霧子就只用鐵鎚毆打過她父親，其中的理由我現在也終於懂了。就只有對他的復仇，早已由我執行過了。這場由她開始的復仇，其實只是接替在我的行動之後。

然後，最後一個疑問。

若說霧子的死，會讓她先前「取消」的一切都恢復原狀，那我們會怎麼樣？

當我開車撞死霧子的「延後」狀態完全解除，霧子就會死去。但霧子死去的瞬間，又會換成我早已死在這座遊樂園的事實「延後」狀態解除，也就會變成開車撞死霧子的我從一開始就不存在，創造出一種將時空旅行概念裡「祖父悖論(註22)」中的生死顛倒過來的狀況。

霧子能存活下來嗎？

霧子彷彿看穿我這個疑問，在最適當的時機說了：

「瑞穗同學若消失，我打算立刻追隨你而死。這也是在清償我過去犯下的罪行。」

「不行，我不許妳這樣做。」我說：「不管事情如何演變，我都希望妳活下去。」

霧子的頭往我背上頂來。

「騙子。」

我無話可說。

她說得沒錯，我是個騙子。

我內心其實已經為了她願意追隨我而死，高興得不得了。

「……不知道還可以撐多久？」我問。

「真的只剩一下子了。」她落寞地微笑說：「只剩一下子。」

「這樣啊。」

我神馳於自己即將到來的死亡，卻無法順利地為此悲傷。

記憶已經恢復的現在，我知道自己至少已經對一個女生發揮了救贖的作用。

我的靈魂好好燃燒過了。

我還能奢望什麼呢？

我們走下了鐵軌，逛過一遍園內的遊樂設施之後，坐在摩天輪正前方的鐵製長椅上，相互依偎。就像每天約好在涼亭下碰面，共用一副耳機聽音樂的時候一樣。

小小的白色光點從眼前水平飛過。直到眼睛對焦，我才發現那是雪。

我想起廣播節目曾經提到，今年的初雪會比往年早下。

雪花漸漸變大，大得不用凝神細看也看得見。

「最後能看到這個真是太好了。」我說。

註22：為時間旅行的悖論。理論假設若一個人回到過去，在自己父親出生前殺死祖父母；而因為祖父母死了，就不會出現自己的父親，沒有自己的父親，自己就不會誕生，自己未誕生，則就不會殺死自己的祖父母；但若是沒有人殺死自己的祖父母，自己是否會存在並回到過去而殺死祖父母？其矛盾即由此而生。

「是啊。」

我注意到霧子說話的聲調有了點改變，將視線移到她身上。

不知不覺間，她已經不再是十七歲的少女了。

「吶，瑞穗同學。」二十二歲的霧子問：「你，恨我嗎？」

「妳呢？妳恨不恨開車撞死妳的我？」

她搖搖頭。

「對我來說，只有和瑞穗同學一起度過的時光，才是真正的人生。你賦予了我生命，只不過被殺個一、兩次，根本就還有找呢。」

「那麼，事情就簡單了。我的心情也和妳一模一樣。」

「……這樣啊。」

霧子將右手放到我的左手上說聲：「太好了。」我翻過手掌，和她十指交握。

「雖然現在才講這種話可能也無濟於事。」

「你要說什麼呢？」

「我愛妳。」

「我知道。」

「妳看，我就說無濟於事吧？」

「我也愛你。」

「我知道。」

「那麼，我們來接個吻吧。」

「就這麼辦。」

我們把臉湊近。

「啊，說到這個……」霧子在快要親到時說：「結果『那個』似乎真的存在。」

「真虧妳還記得那麼久以前在信上討論過的事情。」

「你會這麼說就表示你也記得吧？」

「是啊。」我點點頭說：「看來『那個』不是什麼溫柔的謊言。」

「似乎是這樣。」霧子微微笑著說：「最後能知道這件事實在太好了。」

我們冰冷的嘴唇重疊在一起。

同時喇叭開始播放宣告即將關門的音樂。

在這音樂的帶動下，連剩下的少許燈光也都漸漸熄滅。

遊樂園被夜晚吞沒了。

我對這個世界討厭得要命，卻又覺得這個世界好美。雖然有一大堆悲傷得讓人承受不住的事情，或是沒天理到令人無法原諒的事情，但對於我不是生為花、鳥或星星，而是以人類的身分誕生在這個世界上，我並不怨恨。

那些日子裡和霧子來往的信件，和她依偎著一起聽的音樂，從溝渠仰望的月亮，牽起的手上傳來的溫度，在墓地的初吻，靠過來的嬌小身體上傳來的呼吸節奏，在陰暗的公寓裡一起彈的電子琴。

只要有這些美好的回憶，我就能夠和這個世界背對背牽起手。

最後我看見了旋轉木馬的幻影，又或者那是霧子卯足最後一絲力量，讓我看到的一個悲傷的事情全被「取消」的世界。

騎在白馬上的我們，變成小孩的模樣。我們探出上半身伸出手，指尖碰著指尖。如同搖籃輕輕上下搖動的木馬、幼年時期聽得忘我的音樂、黑暗中閃閃發光的燈飾。

我只想一直看著這幅光景，但幻影就像火柴的火焰般，很快就消失了。

雪堆積在肩膀與頭上。眼瞼慢慢放下，我的意識逐漸遠去。這些填滿了謊言與過錯卻令人珍愛的日子，終於要宣告結束了。

霧子度過了一段比常人加倍痛苦的人生，最適合留給她的話，多半還是那句傻味十足、騙小孩的咒語。

我輕輕摸了摸霧子的頭，然後從靈魂裡擠出了這句話。

不哭不哭，痛痛飛走吧。

後記

這世上到處都有地洞，至少世界看在我眼裡就是這樣。有的洞小，有的洞大；有的洞淺，有的洞深；有的洞很明顯，有的洞不明顯；有的洞尚未有人掉進去，有的洞已經有許多人掉進去。真的是五花八門。一旦想著這一個個的地洞，就會讓我滿心不安，一步都不想動了。

孩提時代，我喜歡那種會讓我忘記地洞存在的故事。看來不只是我，大家都喜歡看那種書中世界的所有地洞都已加蓋的故事，也不知道是不是該叫做「殺菌過的故事」。當然主角不會只遇到好事，經歷的各種痛苦與難受的體驗也不會比別人少，但最終來說，這一切都將成為他成長的動力，讓讀者可以沉浸在「人就是要接受一切勇敢活下去」這種可靠的感覺中。我說的就是這種故事。

我想我們一定是不希望連在虛構的世界都要經歷悲傷。

可是有一天，我發現自己不知不覺地身在陰暗的地洞中。那是一種沒有任何前兆、沒有天理可言的失足。由於那是個非常小且不起眼的地洞，很難指望會有別人幫助。所幸這個地洞並不是深到爬不出來，我花了很長的時間，靠自己的力量終於脫身。

來到地上後，我沐浴在久違的溫暖陽光與清澈的徐風中，因而產生這樣的想法。無論多麼小心，都沒有人知道何時會掉進地洞。這個世界就是這樣的地方。下次我說不定會掉進一個更深的洞，深得讓我再也回不到地面上。到時候，我該怎麼辦呢？

從此以後，我就再也無法懷著以往那樣單純的心情，去看待那些「把地洞加了蓋的故事」。相對地，我開始喜歡描寫「在地洞裡過得好像很幸福的人」的故事。因為我想聽的是在陰暗、深邃、狹窄又寒冷的地洞裡，不用逞強就能露出微笑的人身上所發生的故事。也許對現在的我來說，再也沒有什麼比這更能安慰我了。

《不哭不哭，痛痛飛走吧》這個故事，描寫的就是掉進地洞裡再也爬不出來的人們。但我不是單純寫成負面的故事，而是寫成一個會讓人打起精神來的故事。雖然看起來一點都不像這樣，但真的就是這樣。

三秋　縋

輕文學
Light Literature

如果人命可以換算成金錢，你值多少？
什麼事物值得你用生命換取？

三日間的幸福

三秋 縋／著　許郁文／譯

一家收購壽命的店，去了那裡就能出售壽命、時間或健康，生命的價值端看生活的充實度而定——我決定留下三個月，將剩餘的三十年壽命全部賣掉。第二天，出現一位負責監視我的年輕女性，和她相處的時光讓我的人生逐漸有了意義，而當一切即將開始時，我的人生只剩下最後的三天……

定價：NT$260/HK$78

國家圖書館出版品預行編目資料

不哭不哭，痛痛飛走吧 / 三秋縋作；邱鍾仁譯. --
初版. -- 臺北市：臺灣角川，2015.08
面； 公分. --（角川輕.文學）

譯自：いたいのいたいの、とんでゆけ
ISBN 978-986-366-654-7(平裝)

861.57 104011226

輕文學
Light Literature

不哭不哭，痛痛飛走吧

原著名＊いたいのいたいの、とんでゆけ

作　　者＊三秋 縋
插　　畫＊E9L
譯　　者＊邱鍾仁

2015年8月6日　初版第1刷發行
2023年3月15日　初版第8刷發行

發 行 人＊岩崎剛人
總　　監＊呂慧君
總 編 輯＊蔡佩芬
主　　編＊李維莉
美術設計＊吳佳昀
印　　務＊李明修（主任）、張加恩（主任）、張凱棋

台灣角川

發 行 所＊台灣角川股份有限公司
地　　址＊104 台北市中山區松江路 223 號 3 樓
電　　話＊（02）2515-3000
傳　　真＊（02）2515-0033
網　　址＊www.kadokawa.com.tw
劃撥帳戶＊台灣角川股份有限公司
劃撥帳號＊19487412
法律顧問＊有澤法律事務所
製　　版＊尚騰印刷事業有限公司
I S B N＊978-986-366-654-7